JN247526

「友達……？」
「フィトちゃん……私と友達になろう？」
双子の姉が神子《みこ》として引き取られて、私は捨てられたけど多分私が神子である。4

ダッシャ
ヒックド・ミッガ
アリス
ニーナエフ・フェアリー

双子の姉が神子《みこ》として引き取られて、私は捨てられたけど多分私が神子である。

4

池中《いけなか》織奈《おりな》
イラスト カット

口絵・本文イラスト
カット

装丁
百足屋ユウコ＋石田 隆（ムシカゴグラフィクス）

目次

神子《みこ》とは、時折世界に現れる神に愛された者のことを指す。
その者は神に愛され、世界に祝福されている。
神子は特別な力を持つが故《ゆえ》に、崇拝《すうはい》される。
神子はその力が故に、特別視される。
されど、神子とて人である。

1　少女と、村の日常

「レルンダ、おはようございます」

「ん、おはよう。ランさん」

朝、目が覚めると紫色《むらさきいろ》の髪《かみ》を持つ女性――ランさんが笑顔《えがお》で挨拶《あいさつ》をしてくれる。

ランさんは夜更《よふ》かしをしていることが多いから、朝からこんなに元気なのは珍《めずら》しい。特に新天地にたどり着いて、ある程度この村での暮らしが安定してきたからこそ、余計にランさんの夜更かしは恒常化《こうじょうか》していたのだ。

「ランさん、珍しい」

「朝、起きていることですか？　実はですね、ゼシヒさんとニルシさんに注意をされてしまったのです。夜更かしはしない方がいいと。私の場合、研究したいことが多くて、睡眠《すいみん》時間を短くしていたので……流石《さすが》にそれが癖《くせ》になるのはと言われてしまったのですわ」

新しい村ではロマさんの一件が起こったりと、しばらくバタバタしていた。けれど、最近は少しずつ落ち着いてきている。

狼《おおかみ》の獣人《じゆうじん》の村で過ごしていたように、当たり前のように笑い合って挨拶が出来るようになってきたことが嬉《うれ》しい。

ランさんは最初の頃《ころ》よりずっと獣人たちと仲良くなっている。私の知らない交流がそこにはあって、一緒《いっしょ》の村で過ごしていても予想外のところで絆《きずな》が結ばれていたりして面白《おもしろ》いなと思う。

ゼシヒさんはランさんと同年代というのもあり、特に仲がいい。どちらかというとランさんのことを心配してゼシヒさんが世話をやいているようだが、仲良しなのはいいことだと思う。それにニルシさんとも最初は喧嘩《けんか》をしていたのに今では嘘《うそ》のように仲良くなっていると思う。

口喧嘩をよくしているけれど、気を許し合っているのが分かるので、見ていて楽しい。

「レルンダ、今日はどうするんですか？」

「今日は狩《か》りに行ったり、フィトちゃんのところに行ったりする。そう、決めてる」

穏《おだ》やかに暮らす日々の中でも、懸念《けねん》はある。その一つは、ロマさんの一件で私たちの村に人質《ひとじち》として住まうことになった民族の少女――フィトちゃんのことである。

「あの子の元へですか……」

「うん。ランさんは反対？」

「ええ。そうですね。レルンダに何かあったらと思うと不安ですから」

ランさんとそんな話をしながら、朝食を食べるために広場へ行く。朝のこの時間に村の人々は目を覚まし、皆《みんな》で朝食をとるのだ。

大きな街や国という場所ではそれぞれの家庭でというのが一般《いっぱん》的らしいけど、この村では獣人の村やエルフの村と同様に、皆で食事をとっている。

もっとここが大きくなったらそんな日常も変わるかもしれないとランさんは言っていた。

ランさんと一緒に広場に行くと、村の皆がもう集まっていた。

「おはよう」

私とランさんがそう言って近づけば、その場にいた皆も挨拶を返してくれる。

今日の朝食は昨日狩ったばかりの魔物《まもの》のお肉と山菜を炒《いた》めたものや、朝から村の人たちが焼いてくれたパンである。

この魔物は私も一緒に狩りをして手に入れたものだ。こうして自分で狩ったものを皆で食べられるのも嬉しい。私は皆の役に立てたんだと嬉しい気持ちになる。

「おいしい」

皆と一緒に食べる朝食はおいしくて、私は笑《え》みを浮《う》かべた。

見回すと、私と同じように皆も笑みを浮かべている。

「今日の朝食もおいしいわ。一日頑張《がんば》ろうっていう気分になるわね」

「そうだな。こうして安定して食事がとれるのはいいことだよな」

猫《ねこ》の獣人のフレデールさんと狼の獣人のオーシャシオさんがそう話している。

毎日、食事がとれること。

それもある意味奇跡《きせき》だとおばば様が言っていた。新しい場所にやってきて、こうして村を作り——その中で誰一人《だれひとり》として餓死《がし》していないのは幸せなことだ。

私は空腹に陥《おちい》ったことはないけれど、この幸福を当たり前とは思わずに過ごしていこうと、そう思っている。

朝食を食べたあと、私はすぐにフィトちゃんのところへ行きたいなと思った。というのも、フィトちゃんは人質という立場だから一人で食事をとっているのだ。

私と少ししか年齢《ねんれい》が変わらないのに、それは寂《さび》しいのではないか、と思う。

けれど、フィトちゃんの元へ朝食のすぐあとに向かうことは駄目《だめ》だとドングさんに言われてしまった。あとでと言われたのでその言葉に従うことにする。

フィトちゃんはまだまだ皆にとっては警戒《けいかい》対象で、許可が出た時でないと会えないのだ。今回は私が何度も何度もフィトちゃんに会いたいと言ったから会わせてくれることになっている。

そんなわけで、私は今、赤髪のおばあさんの獣人——おばば様の元で勉強をしている。

おばば様はこの新しい村で息子《むすこ》であるオーシャシオさんと一緒に住んでいて、授業もその家で行われている。ぞろぞろとおばば様の元へ学びに行く私たちを、皆が微笑《ほほえ》ましい目でいつも見ている。

今日は、私とイルケサイとルチェノの三人だ。ガイアスとカユとシノミは、別のことをするからと言ってここにはいない。

「今日は何を学びたいんだい？」

おばば様は、私たちに優《やさ》しい笑顔で問いかけてくれる。いつ見てもおばば様の笑顔は安心する。

「おばば、俺《おれ》はもちろん、戦う術《すべ》が知りたい！」

「俺はこのあたりの魔物について知りたいかな。確かランさんがまとめているんだろ？」

率先《そっせん》してイルケサイとルチェノがそんな声をあげる。イルケサイとルチェノは質問された時にすぐに発言出来るところが凄《すご》いなと毎回思う。

私はこういう時、すぐに何かしたいと声に出せなかったりする。私一人に問いかけられている時は言えるけど、複数人いる時はそうすることが難しい。誰かが何かをしたいと言って、それでもいいと思っていたらそのまま自分の意見を言わなくてもいいかなと思ってしまう。

おばば様は私がそういう性格だと知っているからか、こういう時、私の方に優しい目を向ける。

私がゆっくり答えを出すのを待っていてくれるのだ。その瞳《ひとみ》があまりにも優しくて、私はほっとする。おばば様だけじゃなくて、一緒に勉強をしているイルケサイとルチェノもにこにこしながら私を見つめてくれている。

「私はもっと料理に工夫《くふう》、出来たらって」

「料理の工夫かい？」

「うん。ランさんに聞いたけど、ランさんがいたところ、色んな料理があったんだって。この村でも、料理で工夫出来たらって」

私はランさんのように色んな工夫がされた料理を食べたことがない。毎日のように同じ料理でも、特に何も感じていなかった。けれど、おいしいものが食べられるならその方がいいのではと思ったのだ。

おばば様なら何か知っているのではないかと思った。それにランさんが色んなものを食べてきたというのならば、そういう料理が恋《こい》しくなっているかもしれないとも考えた。

ランさんにはお世話になっているから、ランさんのためにもそういう料理を作ってあげたいと思う。

「そうかい。それもいいね。おいしい料理が食べられたら私も嬉しいよ。それにおいしい料理が待っていると思ったら、皆の狩りのやる気も増すだろうしね」

「うまい料理か。料理より狩りの方がいいけど、おいしいものを食べられるならいいな」

「えー、俺は料理より、他のことを学びたい！」

イルケサイは料理を作るのに賛成しているけど、ルチェノは他のことを学びたいらしい。

「そうかい。なら、今日は料理をやろうか。次の授業の時は戦い方や魔物のことをやろうかね。いいかい？　イルケサイ、ルチェノ」

おばば様が椅子《いす》に腰《こし》かけたまま優しく微笑めば、イルケサイとルチェノは少しの不満を残していたものの頷《うなず》いた。

なんだろう、おばば様の笑みは優しくて、その笑みが皆大好きで――だからこそイルケサイやルチェノもおばば様の意見を聞いたのだろう。

「でも料理の工夫っていっても何をするんだ？」

「そうだね。大きな街などでは食にお金をかけている人がいて、たくさんの工夫がされている。調味料を作ってみるのもいいかと思うよ」

私たちの村では魔物の肉を焼いたり、育てた山菜を炒めて食べたり――と、どちらかというと単純な料理が多い。その調味料というものを作れば、それだけで色んなおいしさを感じられるらしい。

ランさんに作ってあげられたら――とそんな気持ちで口にした提案だけど、おばば様から料理についての話を色々と聞くと、私も食べたいと涎《よだれ》が垂れそうになる。でもおいしいものを思《おも》い浮《う》かべて、涎を垂らしてしまうなんて子どもっぽいもん。

そんなことを思いながらおばば様と一緒にハーブを使った調味料を作ることになった。

村の食料は村全体で管理されているものだから、ドングさんたちに許可をもらってからそれを使わせてもらうことにした。驚《おどろ》かせたいので、ランさんには秘密でと告げてからだ。

畑で育てているハーブを細かく刻んで数種類を混ぜ合わせたり、といった手間を加えることで別の味に変わるのが面白い。最初は少しだけ退屈《たいくつ》そうにしていたイルケサイとルチェノもそういう変化が楽しかったのか今では夢中になっている。

皆でハーブを使った味つけの変化を楽しむ調味料を作っていたら「レルンダ、楽しそうね」といつの間にかおばば様の家の中に入ってきていたフレネが言った。

風の精霊《せいれい》であるフレネの姿は、本人が姿を見せようとしていない限りはおばば様たちには見えないから、気づかない内に入ったのだろう。フレネは私の頭の上に飛び乗って、調理の様子を見る。

「フレネ、これは味つけをするためのものだよ」

「ん？　フレネが来ているのか？」

「え、いつの間に？」

私がフレネに説明していると、イルケサイとルチェノが不思議そうな顔をしてこちらを見る。そしてきょろきょろしている二人を見て、頭の上のフレネがくすっと笑って、姿を見せる。

それを見て二人は「そこにいたのか」と驚いていた。そのあとはフレネにも手伝ってもらって、色々な調味料を試行錯誤《しこうさくご》して作った。

早速《さっそく》広場で私たちがその調味料を使って昼食を作っていたら、ガイアスやゼシヒさんたちが集まってきた。

「あら、いつもと違《ちが》うものがかかってるわね？」

目ざとくそれを見つけたゼシヒさんはそう問いかける。

「おばば様と相談して、調味料作った」

「まぁ、そうなの？　楽しみだわ」

にこにことと笑うゼシヒさんはそう言いながら昼食作りを手伝ってくれる。そうだ、この料理をフィトちゃんにも持っていっていいのかというのを確認《かくにん》しよう。フィトちゃんも喜んでくれたらいいな。

「……お腹《なか》がすきました」

皆が昼食を食べるために集まり始めた頃、ランさんが空腹を訴《うった》えながらやってきた。

「ランさん、これどうぞ」

「ありがとうございます。レルンダ」

よっぽどお腹がすいていたのだろう。ランさんはよく確認もせずに食事をとり始めた。口に含《ふく》んでからいつもと違う味だと気づいたらしい。

「……おいしい。レルンダ、このかかっているものは？」

「おばば様に聞いて作った、調味料」

「まぁ、調味料を作ったのですね。このように味の変化を楽しめるものがあるといいわね。私たちは新しい村で生活をするのに精一杯《せいいっぱい》で、こんな食の楽しみは後回しにしていましたもの。とても素《す》晴《ば》らしいと思います」

目をキラキラさせてそう言うランさんは、またやらなければならないことのリストに調味料のことを加えたのかもしれない。

いつもあれをやりたいこれをやりたい、とやりたいことに溢《あふ》れているランさんは生き生きしている。

◆

昼ご飯を食べ終わり、狼の姿になっているガイアスや契約《けいやく》している魔獣たちと共に、私は村の端《はし》の方にある開けた場所で、のんびりと寝《ね》っころがっている。

この場所は中央にある広場とはまた違った意味で、皆が集まる場所になっているのだ。

寝ころがると、緑の匂《にお》いを感じられて気持ちがいい。

ガイアスの毛並みがふさふさで、思わず触《さわ》ってしまう。

最近は狼の姿での動きの練習とか、いざという時すぐに変身出来るようにという練習の意味も込《こ》めて、時々こうやって狼の姿になっている。

狼の姿のガイアスは村の中を移動しているとすぐに発見出来る。

耳とか尻尾《しっぽ》は番《つがい》しか駄目って言われたから触らないけれど、身体《からだ》をちょっと撫《な》でるぐらいはしたくなってしまって、ガイアスに許可を取ってからしている。

あとグリフォンたちやスカイホースにするようにブラッシングもさせてもらっている。

もふもふで、ふさふさでいい毛並み。

ガイアスはまだ子どもだけど、狼の姿になると結構大きい。ガイアスが大人になったら狼の姿ももっと大きくなったりするのだろうか。それにしても狼の姿のガイアス、凄く綺麗《きれい》でかっこいい。

ずっと見つめていられるぐらい、凄い。

「毛並み、凄い、ふかふか」

ふかふかで、本当に気持ちがいい。

「がうがうがう（レルンダ、触り過ぎだろ）」

「だって、ふかふかなんだもん」

私がそう口にすれば、ガイアスが呆《あき》れたように見えた。狼の姿だと表情が分かりにくいけど、なんとなくどういうことを考えているのか分かる。

これって、ガイアスの姿が変化したのが、やっぱり私の影響《えいきょう》だからということなのかな。それで私とガイアスは何かしら繋《つな》がっているのだろうか。

「ねえ、ガイアス。狼になったの、どう思ってる？」

私はガイアスを撫でながら、問いかける。耳と尻尾の色が銀色に変わっただけではなくて、狼の姿に変化までしてしまった。

「がうがうがう……がうがう（複雑といえば複雑だけど……まぁ、嬉しいといえば嬉しい）」

「……ガイアスが、狼になれるから、色々と変わるかもしれないけど」

「がうがう（それは仕方ないだろ）」

「うん……」

私は神子《みこ》かもしれなくて、皆にはない力がある。

ガイアスは私の影響からか、狼になる力を手にした。

私たち自身が変わったつもりはなくても、周りは変わっていくかもしれない。ロマさんがあんな風になってしまったように。

ガイアスは、私よりも大人だなと感じる。私よりも割り切っていると思う。

私ももっと、割り切って、考えられるようにしなければと思う。とはいえ、なるべく諦《あきら》めたくはないけれど。

そんなことを思いながら、ガイアスの毛を撫で回した。

「ガイアス、気持ちいいね」

「がうがう（そうだな）」

私は今、もふもふとしたガイアスのお腹に頭を乗せている。ガイアスが狼の姿になっている時は、人としての感覚というより、少しだけ狼に近い思考になるようだ。人の姿のガイアスにこんなことをしたら恥《は》ずかしがるだろうけど、今のガイアスは受け入れてくれている。もふもふが気持ちよくて、嬉しい気持ちになる。

「ひひひひーん（レルンダ、嬉しそうだね）」

「うん。気持ちいいもん」

「ぐるぐるるるる（お昼寝《ひるね》楽しい～）」

「ぐるるるるるぐる（ガイアスの身体、ふかふか！）」

子グリフォンの中でも一番幼いユインは、大きくなったとはいえまだ他の子グリフォンたちよりも小さくて、ガイアスの上にちょこんと乗っている。

楽しそうなグリフォンたちの声を聞くと、なんだか心が穏やかになる。

こうして寝ころがって、空を見上げると、どこまでも青く澄《す》んだ空が目に映っている。

白い雲が流れているのを見つめるだけでも楽しい。

「ぐるぐるるるる（あの雲、私に似てる！）」

「ぐるるるっるるるる（あれはお肉ね）」

などと囁《ささや》き合うグリフォンたちの声を聞いて、思わずくすりと笑ってしまう。

確かにそう言われると、流れていく雲がグリフォンや食べ物のように見える。私やガイアスに似ている雲はないのだろうかと思って探してみると、それっぽいものを見つけた。

「ねぇ、ガイアス。あれ、ガイアスみたいじゃない？　狼の時のガイアスみたい」

「がうがう（そうか？）」

「うん。私に似ているのはある？」

「がうがう（分かんない）」

「ひひひひひーん（あれ、似てない？）」

「あ、本当だ」

そうやって、しばらく雲を見ながら寝ころがって過ごした。

穏やかなこんな日が私は大好きだ。

◆

昼食を食べ終わって、昼寝をしたあと、ドングさんたちからフィトちゃんのところに顔を出していいという許可をもらえた。

その直前に民族たちがどのように過ごしているかも獣人たちから報告を受けた。

「彼《かれ》らは大人しくしている。この少女がここにいるからなのかは分からないが、黙々《もくもく》と生活しているよ」

「勤勉なものだよ。もう村と呼べるぐらいに拠点《きょてん》を大きくしているんだから」

民族の人たちはあれから大人しく過ごしている。フィトちゃんという特別な存在を私たちの元へ人質として受《う》け渡《わた》しているからというのもあるだろう。

それでいてもう村と呼べるぐらいに拠点を大きくしているのだと。その場所は私たちの暮らす村から少しだけ離《はな》れた東の場所にある。

フィトちゃんはこの村の広場から東の場所で獣人たちと同じく地面に建てられた小さな木の家に住んでいる。中から開けられないように扉《とびら》の外側は木材で固定されている。人質という役割なので、フィトちゃんの傍《そば》ではいつも誰かが監視《かんし》している。

狼の獣人のシノルンさんとエルフのシレーバさんと一緒にフィトちゃんの元へ向かった。契約しているグリフォンたちは、フィトちゃんが警戒するというのもあり一緒に行かない。魔物であるグリフォンたちは、フィトちゃんにとっては恐《おそ》ろしい存在なのである。

シノルンさんとシレーバさんは特にフィトちゃんと話そうとはしないので、いつも私が話しているのを見守っていてくれるだけだ。

「フィトちゃん、こんにちは」

「……こんにちは」

私が声をかければ、薄緑《うすみどり》色の髪の、民族衣装《いしょう》を着た少女――フィトちゃんはその時、床《ゆか》に座《すわ》っていた。

フィトちゃんは人質という立場でこの村に来ているけれど、その生活は落ち着いているように見える。

人質で、何をするか分からないと皆フィトちゃんのことを警戒しているから、フィトちゃんに自由はない。この家の中から出ないように指示をされているが、フィトちゃんは一切《いっさい》取り乱したりなどしていない。

不安や寂しさなども感じていないといった様子で、この状況《じょうきょう》を受け入れている。私より少し年上なだけなのにそんな風な心を持てることが凄いな思う。

神の娘《むすめ》とは、どういうことなのかとか気になることはあるけれど、ひとまずはフィトちゃんが人質という立場だけど笑ってくれたらいいなと思う。

「フィトちゃん、今日は、何をしてたの？」

「何も特にはしていないわ」

フィトちゃんの表情は動かない。フィトちゃんはじっとしていることを苦に感じていないということがよく分かる。

フィトちゃんはあまり喋《しゃべ》らないけれど、私はフィトちゃんと過ごす時間が楽しいと思う。私自身も喋るのが苦手だからだろうか。フィトちゃんは穏やかで、雰囲気《ふんいき》が優しくて、一緒に横に座っているだけでもなんだか楽しいのだ。

「フィトちゃん、これどうぞ」

私が調味料を使った料理を差し出すと、フィトちゃんは不思議そうな顔をした。フィトちゃんはこういった調味料を使った料理を食べたことがなかったのだろうか。

そんな風に思っていたら、

「今日は、貴方《あなた》が夕食を持ってくるのね」

と言ったので、どうやら調味料を使った料理にではなく、私がわざわざ持ってきたことに驚いたようだった。

「うん。食べてほしかったから」

「ありがとう」

フィトちゃんは私にお礼を言うと、食事をとり始めた。皆で作った調味料はおいしいと言ってもらえるだろうかと、少しだけドキドキする。

フィトちゃんはそれを口に含むと、顔を上げた。目が輝《かがや》いている。フィトちゃんは基本的に大人びていて、表情が動かない。だからそんな顔を見るのは初めてだった。その表情から料理がおいしいと思っているのが分かって、私は嬉しくなった。

「……おいしい」

「よかった。それ、みんなで作った調味料、使ったの」

「そうなの。凄いわ」

フィトちゃんがそう言って笑ってくれて、私も笑った。

その後、シノルンさんとシレーバさんに「もう時間だ」と言われて、フィトちゃんの元をあとにした。

ロマさんのことがあって、フィトちゃんを皆警戒しているけれど、いつかもっと皆で仲良くなれたら、民族の人たちとも距離《きょり》が近づけたらいいなと思うのだった。

幕間　神官、森へ入る／王女と、姉のやりたいこと

私、イルームは今、連合国家に滞在《たいざい》している。

連合国家の者たちは私たちによくしてくれている。これは国力の違《ちが》いからよい対応をしてくれるのであって、もしフェアリートロフ王国が連合国家よりも国力が弱ければこのような対応にならなかっただろう。

それを考えると、フェアリートロフ王国にそれだけの国力があって本当に幸いだったと言える。

連合国家――サフの者たちに悟《さと》られないように神子《みこ》を捜《さが》すのは中々骨が折れる。

ただ、このサフ連合国家の中では、不思議な少女というのは目撃《もくげき》情報さえもないようだった。

となると、やはり神子は森の中に入っていったのだと私は思う。

しかし何度その考えを口にしても、男騎士《きし》と、侍女《じじょ》と神官の女性が止めてくる。魔法剣士《まほうけんし》の女性は我関せずといった態度だ。

私はどうにか森の中に入りたい。神子様にお会いしたい。だというのに――、私が森の中へいざ入ろうとすると、どこからか騎士と侍女、神官が現れて止められてしまうのだ。どうして私の行動が彼《かれ》らに筒抜《つつぬ》けなのか、さっぱり分からない。

私が何度もそういう行動をしているのもあって、魔法剣士に関しては呆《あき》れたような目をこちらに向けている。

どのようにしたら、一人で森の中に入れるだろうか。

神子に会いたい。神子にお会いして神子の意思を聞きたい。

私を止めてくる三人への説得は今のところ無理だと思う。彼らは、神子のことを真に考えているというのとは違う気がする。彼らの信仰《しんこう》は、神や神子といった存在に向けられているというよりも、神殿《しんでん》という場所へ向けられているように感じる。

私は下《した》っ端《ぱ》の神官で、大神殿の中で神に仕えることに喜びを感じながら過ごしていた。本物の神子を見つけるという大役を担《にな》うことが出来て嬉《うれ》しかった。大神殿の中でも上に行けると思った。けれど、大神殿の中での地位が上がって何になるのだろうか、とこうして神子を捜す旅に出てから少しずつ考えるようになってしまった。

それは、大神殿に属する——要するに、神に仕えているはずの侍女や女性神官が、私に接近をしてきて、恐《おそ》らく……身体《からだ》の関係を迫《せま》ろうとしていることに気づいてしまったからというのもある。年頃《としごろ》の女性だというのにはしたないと、最初はそんな風にしか考えていなかった。でも、あの二人の会話を聞いてしまった。——私と身体の関係を持つようにと上から指示をされていると。

私が信じていた神殿という機関は、駄目《だめ》な場所なのだということを知ってしまった。

強い信仰心を神に示すには、大神殿での地位を高めることだと神官長が言っていたし、私もそうなのだろうと思っていたけれど、それは違うとこの旅の中で学ぶことが出来た。

私は、フェアリートロフ王国で生まれ育ち、外の世界を知らなかった。けれど、外の世界を知り、信仰というものは自身の信仰心さえ保てばどこでだってなせるものであると気づいた。

——だからこそ、神子の傍《そば》にお仕えしたいという気持ちが改めて湧《わ》いてきた。


連合国家側がよくしてくださっているからと騎士、侍女、神官が好きに豪遊《ごうゆう》をしていた。私はその隙《すき》に森へ入ろうとしたが、それも阻止《そし》された。そんな中で、魔法剣士の女性が話しかけてきた。

「——その腕輪《うでわ》だ、お前は馬鹿《ばか》だろう」

女性だというのになんて乱暴な口調だろうと眉《まゆ》を顰《ひそ》めてしまった。

「腕輪？　これはジント様が——」

神聖魔法の使い手であるジント様が私のことを思って特別な措置《そち》をしてくださったという腕輪。

「——そのジント、って奴《やつ》が追跡《ついせき》出来るように魔法を施《ほどこ》したとあいつらが言っていたぞ。その腕輪を外さないと森の中には絶対に入れない」

その話を詳《くわ》しく聞こうとした時に、神官がやってきたのでそれ以上詳しく聞けなかった。

魔法剣士の女性の言葉に私はショックを受けた。まさか、そんなことがあるはずがないと信じられない思いで自分がつけている腕輪を見る。

腕輪は自分自身で取り外しが出来るもので、ジント様から善意でいただいたものだと思っていた。

しかし、取り外しが出来るようにして自らの意思でつけさせていたのは、そういう疑惑《ぎわく》を与《あた》えないためだったのかもしれない。

——私は魔法剣士の言葉を信じたわけではなかったが、隙を見て、腕輪を外して森の中へと足を踏《ふ》み出《だ》してみた。すると、彼らは私が森の中に入ったことを止めなかった。

「——おい、あたしも連れていけ」

騎士、侍女、神官は私が森の中へ入ることに気づかなかったが、魔法剣士はなぜか森の中へ入った私の前に現れた。

「お前が消えたら雇《やと》われてるあたしが罰《ばつ》される可能性がある。そうなるくらいなら一緒《いっしょ》に森に入ってやるよ」

そう、魔法剣士は言った。

私は、一人で森の中に入るのが不安だったのもあってその申し出に頷《うなず》いた。

魔法剣士と一緒に、森の中をさまよって数週間が経過した。

その間に名前を教えてくれたのだが、彼女《かのじょ》はシェハンというそうだ。

この森は、魔物《まもの》も溢《あふ》れる危険な場所だ。私一人だけで入っていたら大変なことになっていただろう。それを考えるとシェハンさんがいてくれてよかったと思った。

「シェハンさんがいてくれて助かりました」

「……そうか」

シェハンさんは、私がお礼を言うとなぜかそっぽを向いた。何か不快になるようなことを言ってしまったのだろうかと問いかけたが、シェハンさんは答えてくれなかった。

神子を追い求めてこんな森の奥深《おくふか》くまで私たちは入《はい》り込《こ》んでいる。神子が本当にここにいるのか分からないけれど、この森のどこかにいる予感がしているから諦《あきら》めない。

もし、神子がいなかったとしても、私は別に構わない。ただ、自分の予感のままに進んでいった先に何があるのかというのも知りたいから。それにこの予感は、導きのようなものだと思う。そもそも私の言動も、その結果起こったことも、全て神による導きだと思えるから。

「――神子、神に愛されている者か。そんな者が本当にいるのか？」

「ええ、いますとも。シェハンさんは信じていないのですか？」

「まぁな。神官であるお前に言うことではないかもしれないが、神というものをあたしは信じていない。あたしが信じているのは自分の力だけだ」

「――そうですか」

そのことを別に責めようとは思わない。神に関して色々な考え方をする人がいることは理解出来るから。そして私は信仰を押《お》しつけようとは決して思わない。

私は私の信じるものを、ずっと信じ続ける。その心だけはずっと保っていきたい。

シェハンさんは自分の力だけを信じている。それもまた、信じる形の一つだと思うから。

「王国の保護している神子が偽物《にせもの》だから、っていうことで捜しているんだよな？」

「ええ、そうですね。こちらの手違いで神子様を間違えて保護したのです。私を含《ふく》む神託《しんたく》を受けた者が全て意識を失っていたとはいえ、あってはならないことです」

神託を受けるのは本当に大変なことだった。多くの神官で挑《いど》んであれだけ大変なのだから、一人で神託を受ける力を持っていた存在は本当に貴重で物凄《ものすご》かったのだと改めて思う。

私も、いつか、生きている内に一人で神託を受けることが出来るぐらいの存在になれるだろうか。出来ればなりたいと願う。

それにしても私に少しでも意識が残っていれば、神子の外見をきちんと伝えることが出来たのに。年齢《ねんれい》や居場所などは告げたが、まさか双子《ふたご》で、その両親が本物の神子の方を隠《かく》すとは思わなかった。偶然《ぐうぜん》と偶然が重なって、本物の神子が国に保護されることはなかった。でも、それも――神の導きなのかもしれない。そういう運命だったのかもしれない。

全ての出来事は繋《つな》がっていて、私たちの行動の一つ一つは全て結ばれている。

神子が王国に保護されずさまようことになったのも、こうして私が神子を捜す任務を受けて、結果的に魔法剣士と二人で森の中をさまよっているのも――きっと、全てが繋がっている。

もし私が神子に会えなければ、そういう運命だったということだけであり、もし奇跡《きせき》的に出会うことが出来たのならばそれも運命だったということなのだろう。

私とシェハンさんが森の中を歩き続けていたある日、不思議なものを見た。

うっすらと見えた――一人の少女。どこか神秘的な雰囲気《ふんいき》を纏《まと》った緑色の髪《かみ》をした少女。

こんなところに少女が一人でいる？　そのことに不思議な気分になった。

その子は、私と目が合った瞬間《しゅんかん》、驚《おどろ》いた顔をして消えていった。

私は、シェハンさんに少女の話を振《ふ》った。シェハンさんも、そちらの方を向いていたから少女のことをきちんと見ていたはずだ。なのに、シェハンさんは「なんのことだ？」と言った。

「目の前に、いたでしょう？」

「いや、何もいなかったぞ」

私はそれを聞いた時、見間違いだったのだろうかと一瞬《いっしゅん》思考した。だけど、その思考をすぐに振《ふ》り払《はら》った。もしかしたら私にだけ見えたのかもしれないと思ったからだ。

そして、その存在は神子に繋がるのではないかと歓喜《かんき》したのだった。

◆

私はニーナエフ・フェアリー。フェアリートロフ王国の第五王女である。

私は目を覚ましたアリスを、辺境の街、アナロロに連れて帰った。

目覚めたアリスと私はたくさん会話を交《か》わした。その中で分かったのは、いかにアリスとその妹であるレルンダ様が双子の姉妹《しまい》という関係にありながらも、ほとんど共に過ごしてこなかったということだ。むしろアリスはレルンダ様のことを妹として認識《にんしき》さえしていなかった。それは、それだけアリスとレルンダ様への扱《あつか》いが不平等だったということ。

実際、レルンダ様はそれはもう酷《ひど》い扱いを受けていたそうだ。アリスがレルンダ様のことを「アレ」と言っていた時点でそのことがよく分かる。

——私は、神子の神罰《しんばつ》について勘違《かんちが》いしていたのかもしれない。神子に酷い扱いをした者には、すぐに神罰が下ると思っていた。

だけど、アリスやその両親は罰らしい罰を受けていない。神罰が下るか下らないかの基準はなんなのだろうか。分からない、だけど——少なくともその話を聞いて、私たちの国に雷《かみなり》が落ちたり、不作が起こったりしているのは決して神子の神罰ではないと理解出来る。

ただ私たちの国は、神子という存在を失ったからこそよい現象がなくなってしまったというだけなのだろう。

そのことを、お兄様たちも理解している。だからこそ、これからフェアリートロフ王国を立て直すことが出来ると言っていた。

フェアリートロフ王国は長兄《ちょうけい》であるジェラード・フェアリーが継《つ》ぐことになった。その即位《そくい》式もこの前行われた。

大神殿の内部では、神子という尊き存在を間違えてしまったという責任の元、下克上《げこくじよう》も起こっているという話だ。アリスのことを神子ではないと知りながらも神子としていた上層部の面々は命を絶ったり、姿を消したりしているらしい。

そして神託を受けた神官の内の一人だけが目を覚まし、本物の神子を捜しに旅に出ているという。それ以外の者たちは、いまだに目を覚まさないのだと。

神子に関する神託を受けてから既《すで》に二年ほど経過しているというのにそういう状況《じようきよう》なのだ。それだけ神様からの託宣を受けるという行為《こうい》が、人の身に余ることなのだというのが分かる。このまま衰弱《すいじやく》して亡《な》くなるかもしれないとも言われている。

目を覚まして行動を起こしている男性神官はよっぽど信仰の力が強いのか、神様との相性《あいしよう》がいいかのどちらかだと思われる。

その神官に関しては現状手が回らない。その男性神官イルームに指示を出していた大神官は姿を消しており、どこに行ったかも分からないありさまだ。

とりあえず、そのあたりをどうするかは、お兄様たちが決めるだろう。

「……私は、これからどうするべきなんだろう」

アリスは、ふとそんな風に言った。

「私は我儘《わがまま》を言ってもそれを皆《みんな》が聞いてくれるのは当然だって思ってた。だから私は自分がやりたいことをずっと言っていた。私は特別だから大丈夫《だいじょうぶ》なんだって思ってたわ。——でも、そうではないと分かったの」

アリスにとって、自分の我儘が通るのは自身が特別だから当然のことなんだと思っていた。そういう風に思い込まされていたとも言えるだろう。そんな環境《かんきょう》にアリスはいたのだ。

「私は、たくさんの人に迷惑《めいわく》をかけたと思う。自分が愛されるのは当たり前だというのは間違いだと分かったからこそ、今は皆から嫌《きら》われていると思う」

「……そうですね。貴方《あなた》のことを処刑《しょけい》すべきだという声もあがっていますわ」

自覚しているアリスに私は嘘《うそ》をつくつもりはない。アリスも知っているであろう事実を改めて言葉として告げる。

アリスはそれを当然のものとして受け止めていた。

本来の気質として、アリスはそこまで愚《おろ》かな人間ではないのだろう。ただ、環境によって彼女は、自分が特別だから何をしてもいいと思っていたというそれだけの話なのだ。

「でも私は貴方だけの責任ではないと思っていますわ。貴方はこれからやり直せます。アリスは——これからどうしたいですか？」

「どうしたいか……」

「ええ。貴方がやり直しを出来るように私もお手伝いしていきたいと思うの。だから何をしたいのか、教えてくださらないかしら」

「……私は、今まで散々我儘を言って、全て聞いてもらってたの」

アリスはどこか憂《うれ》いを帯びた表情で言う。アリスはとても美しい少女だから、同性だというのに少しだけドキリとした。見た目が神秘的なほど美しい。

「だからこそ……うん。私は皆の我儘を……いいえ、この言い方はおかしいわね、皆のお願いを少しでも叶《かな》えていきたい。どれだけ小さな願いでも……私はそれだけ私の我儘を皆に聞いてもらっていたから」

これまで自分がしてきたことに向き合い、これからどうしたいかをアリスは話した。

「あと……妹と、レルンダとちゃんと話してみたいわ」

続けてアリスはそうも言った。

2　少女と、神官

その日、私はシノルンさんとフレネとシーフォと一緒《いっしょ》に、森の中にいた。魔法《まほう》の練習をもっとして、出来ることをどんどん増やしたいと思っているからだ。グリフォンたちの何頭かは、あの民族のことを監視《かんし》してくれている。

今のところ、何も問題は起きていないようでそのことにほっとしている。

フィトちゃんのことを監視している獣人《じゅうじん》たちからフィトちゃんがどんな風に過ごしているかも色々聞いているけれど、普通《ふつう》に生活しているだけで、神との交信をしている様子もあんまりないみたいだった。どちらかというとぼーっとしていることも多いらしい。仲良くなることが出来たら、もっとフィトちゃんのことも知りたいなと思う。

「ひひひひひーん（レルンダ、何か近づいてくるよ）」

魔法の練習をしていたら、シーフォがそんな言葉を口にした。そのことを私がシノルンさんに告げると、シノルンさんは警戒《けいかい》する表情になった。

私も新しい何かが近づいてくるということは、警戒しなければならないと思っているので、一旦《いったん》隠《かく》れることにした。

隠れて、近づいてきたその存在たちを見る。

二人の人間だ。一人は剣《けん》を腰《こし》に下げている。女にも男にも見えるけど、女の人かな。

もう一人は二年前に姉を連れて行った神官と同じような服装をしている。その神官の人も中性的な見た目をしていて、男なのか女なのか分かりにくい。

顔が見えるぐらいの距離《きょり》にはいるのだけど、彼《かれ》らは私たちに気づかない。多分、私が見つかりたくないと思っているからじゃないかなと今までの経験から思う。

「本当にこんな森の中に、お前が捜《さが》している存在がいるのか?」

「分かりません。しかし、この森の中に神子《みこ》様がいる気がするのです」

神子、と神官は口にした。もしかして私のことを、捜している?

神子を捜している神官と、その神官と共にいる剣士《けんし》。

もしかしたら、人間の国の方で何かあったのだろうか。

神子として姉のことを引き取った人間の国。なのに、森の中に神子という存在を捜している人がいる。

正直頭が働かない。わけが分からない。

でも、ひとまずここで飛び出さない方がいいことだけは理解している。考えなしに、彼らの前に顔を出すわけにはいかない。

――この二人組について、村の皆《みんな》に相談をしよう。

そんな思いで、私たちは彼らがいなくなるまで息を潜《ひそ》めていた。

私たちは村へと戻《もど》り、ドングさんやランさん、シレーバさんに早速《さっそく》報告した。すると三人は、難しい表情をした。

あの二人組は何者なのだろうか。あの人たちは私たちに何をもたらそうとしているのだろうか。

また、何か変わっていくのだろうか。そう思うと、不安が湧《わ》いてくる。

「……フェアリートロフ王国が、アリスは神子ではないと気づいたのは確実だと思います。アリスを連れて行った神官たちと同じような服装をしていたということは、フェアリートロフ王国からやってきた者でしょうし」

ランさんはそう言った。

「それでレルンダの存在を知って捜しているのかもしれません。それにしても森のこんな奥深《おくふか》くにまで来るとは思いませんでした。普通に考えれば当時齢《よわい》七歳《さい》の少女が単身で森の中に入っていったなどとは思いませんから」

「それを言ったらランもよくレルンダを追って森の中へ入ったな……」

「……森の中に入ったという目撃《もくげき》情報があったからですけど、ほとんど賭《か》けでしたね。でも、こうしてレルンダに無事に会えて共にいることが出来たので、あの時単身で森に入った自分の判断を褒《ほ》めたいです」

ランさんはドングさんの問いにそんな風に答えた。そして続ける。

「それにしても神子を保護するためというのならば、たった二人だけで森の中へと入っているのはおかしいですね。神子を本当に大々的に保護したいのならばもっと多くの者をよこすのが普通です。もし、仮に秘密裏《り》に神子を保護するという任務を受けているにしても最低でも五、六人編成のパーティーで移動すると思いますし……」

ランさんは、彼らがたった二人で森の中にいるのがおかしいと言った。本当に神子という存在を保護するためなら、それだけの少人数で動くのはおかしいのだと。

それにしても保護、という言葉になんとも言えない気持ちになる。私はこの村で幸せに暮らしているのに、保護して人間の国に連れて行こうと考えているのかもしれないと思うと恐《おそ》ろしい。私はここでの生活が好きだし、人間の国になんて戻りたくない。

「レルンダ、不安そうな顔をしなくて大丈夫《だいじょうぶ》ですよ。貴方《あなた》が自分から出ていかなければ、恐らくこの村は見つかりませんから。レルンダが連れて行かれないように私たちも全力を尽《つ》くします」

「うん」

「ひとまず、その神官と剣士がどういう目的で、何を思って森の中にいるのかをきちんと知らなければなりません。私たちは彼らがレルンダを連れて行こうとしているのではないかと懸念《けねん》していますが、実際は違《ちが》う思惑《おもわく》があるのかもしれませんし」

「……うん」

「だから、フレネの力をお借りしたいのですわ。フレネの姿は、彼らにも見えないでしょうし、会話を聞けば彼らが何を考えているか分かるでしょうから」

「うん、そうする」

ランさんの意見に同意なので、私は頷《うなず》いた。

「シレーバさんはどう思いますか？」

ランさんは黙《だま》って話を聞いていたシレーバさんに向かって問いかける。シレーバさんは相変わらず難しい顔をしたままだ。

「我らは正直言って人間はどうでもいい。レルンダがその人間に会おうが会うまいが構わない。ただ、レルンダを連れて行かれるのは我らも困る。とにかく関わらないようにした方がよいのではないか」

「シレーバたちエルフは本当に意見がはっきりしているな……。種族は違えど、分かり合えることはある。だから俺《おれ》も知った方がいいとは思う」

「シレーバさんの意見も一理ありますが、私もドングさんに同意です。彼らがレルンダを連れて行こうとしているのならば殺さなければならない可能性もありますが、分かり合えるならそうしたい」

ランさんの意見に私も賛成だ。出来れば、穏《おだ》やかに話し合いで事を納められたら一番いい。そう思っていたらランさんがこちらを向いて言う。

「あとは、そうですね……この村は見つからないかもしれないけれど……一つ懸念があるとすれば、彼らの村が見つかる可能性があることです」

「……そうだね」

民族の村がその神官と剣士に見つかる可能性はある。

「レルンダ、意識的に彼らの村や村人にその二人組が近づかないようにと願ってくれませんか」

「願う？」

「ええ、それで効果があるかは分かりませんが、心の片隅《かたすみ》にでも置いておけば何かしら作用するのではないかと思うのです」

そう言われたので、心の中で民族の村や村人に、その二人組が近づけないように願った。でも願っていることが全部叶《かな》うわけではないから、どうなるのか分からない。少しでも効果があればいいのだけど。

それからフレネにその二人組のことを見ているように頼《たの》んだ。フレネは頷いてくれた。

また、ガイアスにもその二人組の話をしたら「レルンダは連れて行かせない」と言ってくれた。

そんな風に言ってもらえるだけで、私は嬉《うれ》しかった。

ひとまず、フレネから報告を聞くまではなるべく村の外に誰《だれ》も出ないようにということになっている。この村の場所は見つからないかもしれないけど、外に出て遭遇《そうぐう》する可能性はあるから。

そんなわけで、村の中でしばらくのんびりしていたのだが、その日の内にフレネは戻ってきた。

そして驚《おどろ》くべきことを言った。

「あの神官、私のこと見えているかも」

フレネが姿を見せようとしなくても見えるならば、そういう力があの神官にはあるのだろうか。あの神官はどのような人なのだろうか。私が目の前に出ても大丈夫な人なのだろうか。分からない。

私はあの神官と会うべきなのだろうか、会わない方がいいのだろうか。

その判断に悩《なや》んでしまう。

私は、あの民族と考えなしに接触《せっしょく》してしまった。そして大変なことになった。その結果、人の命が失われてしまった。あの神官が気になるという気持ちはあるけれども、考えなしに会いに行ってはいけない。

「ねぇ、フレネは……どう思う?」

「あちらに敵意はない、とは思うわ。神子様、神子様って口にしてたから」

「……他に、誰かいた?」

「いいえ、いないわ。あの二人しかいない。たった二人でこの森にいるわ」

「……うん」

「生半可な覚悟《かくご》でそれが出来る、とは私は思わない。人間のことはあまり知らないけど、でも普通の人間がたった二人でこの森の中にいるというのは危険なことのはず」

覚悟。それを持たなければ、たった二人でこの森の中に入ってくるなんて出来ないと、フレネは言う。

私は——今のところ危ない目にはあまり遭《あ》っていないけれど、この森の中には魔物《まもの》たちも生きていて危険なことは確かだ。あの民族の人たちも、魔物に襲《おそ》われて大変だった。

自分の身が危険にさらされるとしても、求めているものがあるからこその覚悟。

神子——、私が本当に神子なのかっていうのはちゃんとは分からないけど、でも、彼らは私を捜して、こんな森の中に入っている。

「ねぇ、私は、私に会いにきた人に会うべきだと思う?」

友人であるカユとスカイホースのシーフォに問いかける。私はどんな風に動くべきなのか、悩んでいた。一人で悶々《もんもん》と考えていても分からないから、彼らに相談してみた。

私に会おうとして、こんな森の中まで入っている。そんな彼らの覚悟に応えたいという気持ちが湧いてきてしまっている。どうして私に会おうとしているのか、会ってどうするつもりなのか、そのことが分からないからこその不安はあるけれど、話してみたい気持ちが出てきている。

でも、その気持ちに従っていいのだろうか。私が思うままに気持ちに従って、その結果、どのようなことが待っているのだろうか。

「レルンダに会いにきたのよね? じゃあ、レルンダが会いたいか会いたくないかによるんじゃない?」

「ひひひひひーん(僕《ぼく》は会わない方がいいんじゃないかと思うよ)」

カユとシーフォの返事は、正反対だった。

カユは会いたいなら会えばいいと告げ、シーフォは会わない方がいいのではないかと言う。

「人生、一度しかないんだもの。やりたいようにやるべきだわ。レルンダを連れて行こうとしているのならば、彼らを帰さなきゃいいだけだもの！」

「ひひひひひひひーん、ひひひひひひひーん（僕は反対だよ。いくら二人しかいなくてもレルンダを連れて行くかもしれないだろ）」

二人の意見を聞きながら、私はもし神官に会ったらどうなるかという先のことを思考する。

――もし私を人間の国に連れて帰ろうとしているのなら、私を気絶させて連れ出すかもしれない。でもあの神官たちがたった二人しかいないのならば、いくらなんでもそれは出来ないのではないか。もし仮に無理やり連れて行こうとしても皆がそれをさせないのでは。いや、でもフレネが見える人なのだから、私が想像も出来ないぐらいの凄《すご》い魔法を使えるのかもしれない。仮に、使えたとして、例えば一瞬《いっしゅん》で移動出来る魔法が使えたら――と思うとぞっとした。

そんな凄い魔法が現実に存在することがあり得るのかは、分からない。でももし、そんな魔法があったら――と考《かんが》え込《こ》んでしまう。

先のことを考えて、どんな風にすべきかと考えるのは大事だと思う。色んな可能性を想像して、私にとって望まない可能性をなくしていくというのは重要なことだからだ。でも、先のことに対する不安などばかり考えて、もしかしたら――と行動を起こさない、というのもどうかと思う。

行動したからこその、結果がある。

何が正解で、何が間違いなのか、というのは本当に難しい話だけど、私はなるべく後悔《こうかい》しないように動きたい。

「……レルンダ、考えはまとまった？」

「……ちょっと、ランさんたちのところに行く」

私の心の中で、どうしたいか、どうするか——それはほとんど答えが出ている。だけど、一人で全部決めて、行動するのは駄目《だめ》だ。私の答えを皆に告げてから、どうするべきか改めてもう一度答えを出したいと思った。

何も、私一人で答えを出さなければならないことではない。私には皆がいて、皆は私のことをいつだって助けてくれる。——なら、困ったら皆に相談をして、それから答えを出そう。

それから私は、フレネと一緒にランさんやドングさんたちのところに行った。それから、あの神官にフレネの姿が見えていたことを告げた。ランさんもドングさんもそのことに驚いていた。フレネ自身が見せようとしていないのに見られる人は、この村には私以外にいなかったから。

それから、私は自分がどうしたいのか二人に告げる。

「私は神官に、会いたいと思う」

私は二人の目を真っ直《ますぐ》ぐに見つめる。

私がどうして神官に会おうと思っているのか、それを伝えると、二人は、

「万が一のことを考えて行動をしよう」

「会うのは構いません。ただ……こちらにとって害になるのならば生かして帰すことはしない方がこのあとのためになるでしょう」

とそんな風に言う。

――私が会う選択《せんたく》をして、悲しい結末になる可能性もある。それでも会おうとするのならということらしい。

その言葉に、改めて私の選んだ選択肢を口にした。


結果的に私は、神官に会うと決めた。もしかしたら神官を殺さなければならないことになるかもしれないけれど、それでも会いたいと思った。だから私は神官の人たちの前に出ることを決めた。

もちろん、私一人ではない。傍《そば》には、ドングさんやランさん、エルフたちといったあの二人組よりもずっと多い人数がいる。加えてシーフォやカミハ、フレネだっている。

まだ彼らは村の近くにいたので、早速会いに行くことにした。

最初に神官の人たちの前に出たのは、フレネとドングさん。私たちは隠れている。

剣士は、フレネのことがやはり見えないのだろう。フレネに対して一切《いっさい》視線を向けることはない。

ただ、ドングさんを警戒したように見ている。それとは正反対に、神官は目を見張って、フレネのことを見ている。やっぱり、フレネのことが見えている。

「――何者だ！」

「……待ってください。シェハンさん、貴方に一つ質問をさせてください」

「こんな時に何を悠長《ゆうちょう》に……！」

「私の目には、緑色の髪《かみ》の少女の姿が映るのですが、貴方にはもしかして見えていない？」

「少女？　何を言って……。目の前にいるのは獣人の男だけだろう」

少女と、はっきり口にしている。この神官の人はしっかりとフレネのことが見えている。

フレネは私の方をちらりと見る。私が頷けば、フレネは皆に見えるように姿を現した。剣士は目を見開いている。そして得体の知れないものを見る目で腰に下げている長剣《ちょうけん》に手を伸《の》ばしていた。

あの剣士にとっても神官にとっても、ドングさんとフレネは突然《とつぜん》現れた不思議な存在だ。自分にとって敵であるか、味方であるかもさっぱり分からないだろう。だから、剣士の対応の方が当然なのだ。でも、神官はそういう表情を一切していない。神官の目にあるのは、どちらかというと喜びだった。

「――人には見えない存在。人ならざるもの。貴方は、精霊様《せいれい》でしょうか」

神官はフレネに羨望《せんぼう》の眼差《まなざ》しを向けた。

「だとしたら？」

「私は精霊様を見るのは初めてです。お目にかかれて光栄です」

「そう……」

「あの、精霊様。つかぬことをお伺《うかが》いしますが、精霊様は神子様をご存じではないでしょうか」

精霊であるフレネをキラキラした目で見つめていた神官の男性は、そう問いかけた。

「その神子を見つけたら貴方はどうするの？」

ドングさんも、剣士もじっと彼らの会話を見守っている。私も、その答えをちゃんと聞こうと耳を傾《かたむ》けている。

あの神官は何を望んで、そして何を求めて――私を捜しているのだろうか。

手を合わせて、祈《いの》るように神官の答えを待つ。

「――私は国から本物の神子様を連れ戻すように使命を受けています」

その言葉を聞いた時、一瞬絶望しかけた。ああ、生きて帰すわけにはいかないのかもしれないと。

だけど、神官は続けた。

「――でも、私はそれを遂行《すいこう》しようと思っておりません。私は神に仕える存在です。だからこそ、神の愛《いと》し子《ご》とされている神子様の意思に反する行為《こうい》をしたくはありません。神子様はもしかしたら大神殿《だいしんでん》に保護されることを望んでいないかもしれない。そのことに思い至ったからこそ私はそれを望みません。神に仕える身として、神の意思のままに、神子様の意思のままに従いたいと思っております」

本物の神子様、と神官は口にしていた。姉は神子ではない、とその大神殿というところは判断したということなのだろうか。そして、どういう根拠《こんきょ》で捜しているのかもどうやってここまでたどり着いたのかも分からないけれど、私を捜している。

その使命は受けていても、それを遂行する気はないとその神官はフレネの目を見据《みす》えて真っ直ぐに伝えるのだ。

「――私は神子様にお仕えしたいのです。ですので、神子様をご存じでしたら教えてほしいのです。決して神子様をご不快にさせるようなことはしません。命を含《ふく》めて、私の全てを神子様に捧《ささ》げますからお願いします」

神官は、フレネが私のことを知っていると確信した様子でそう言った。……それにしても命を含めて、全てを捧げるって重い。そんな重いもの、怖《こわ》いから受け取りたくない。

「そう……」

フレネはその言葉に頷いた。そしてちらりとこちらを見た。私は――神官の人たちの前へと踏《ふ》み出《だ》した。隠れていた私たちが何人も出てきて、剣士は顔を強張《こわば》らせていたけれど、神官は目を輝《かがや》かせて、私の方に駆《か》け寄《よ》ってくる。

「お目にかかれて光栄です！　神子様‼」

そして、大きな声でその言葉を叫《さけ》んだのだった。

その神官は、躊躇《ためら》いもせずに私のことを〝神子様〟と呼んだ。そのことに驚いて私はすぐに反応が出来ない。そんな私に神官は言葉を続ける。

「神子様、お初にお目にかかります。私はイルームと申します。ご無事で本当に喜ばしくて仕方が

ありません。私たちの手違いにより、このような森の中に身を潜めることになってしまって本当に申し訳ない限りです。神子様がこうして私の前に存在しているというだけでどれほどの奇跡《きせき》でしょうか。私は神子様にお会いすることを望んでおりました。神子様は――」

「待て。イルーム、引かれてるぞ」

剣士がそう言って、神官を止めている。

その言葉に、私ははっとする。

「私が、神子って……なんで、断言？　会ったことない」

会ったこともない神官の人。

そもそも私は自分が神子かもしれない、とは思っているけれども自分が神子であると確信しているわけではない。だというのに、目の前の神官の人は一切躊躇いもせずに私を〝神子様〟と口にしていた。

「――貴方様は神子です。私は神託《しんたく》の時に貴方様の姿を見ました。その姿とそっくりです。それに貴方様に会って、私は貴方様が〝神子〟であるとしか思えません」

「貴方は、神託を受け取った神官ですか？　確か、神託の影響《えいきょう》により目を覚ましていなかったはずですが。その内の神官の一人だと？」

「ええ、その通りです。私は目を覚ましてからアリスと会いました。しかし、私が神託で見た神子様は金髪《きんぱつ》ではなく、茶色の髪を持っていました。まさか、神子様のご両親が神子様のことを隠し通して、捨てるなどとは思ってもおりませんでした。貴方は教育係とされていたランドーノ・ストッファーさんですね。こうして貴方が神子様の隣《となり》にいるのも神の導きでしょう。ああ、本当に神子様が目の前にいらっしゃるだけで私の興奮はとどまるところを知りません。神子様はその精霊様との繋《つな》がりを持ち、加えてその後ろにいるスカイホースやグリフォンも神子様の使徒なのでしょうか。なんと神秘的なのでしょう。神子様、何もいりませんから、ただ神子様の傍にお仕えすることを許していただきたいのです」

長い。そして速い。早口過ぎて何を言っているか分からない。半分ぐらいしか理解出来なかった。あとちょっと興奮し過ぎて怖い。悪い人ではないのは分かるけれど、少しだけびっくりしてしまう。

「……お前の言う神子様が引いているからな。子どもをびびらせるな」

「ああ、私が神子様を驚かせてしまうなんて、なんて申し訳ないことでしょう！」

「神子様に会えて嬉しいのは分かるが、もう少し落ち着け‼」

剣士の女の人が、興奮しっぱなしの神官に声をあげる。

「ところで、貴方はどういう立ち位置でどうしてその神官と一緒にいるのですか？」

「ああ、あたしはシェハンだ。あたしは大神殿に雇《やと》われた魔法剣士だ。そこの神子様を大神殿に保護する役目を与《あた》えられていたこいつを含むパーティーの護衛として同行してきた。ただ、イルームが森に入りたがっていて、あたしはあたしで……神子という存在にも興味があったし、そのままイルームが消えれば責任を問われて面倒《めんどう》くさそうだから一緒についてきた。イルームに興味もあったし……」

ぼそっと最後に言った言葉は聞こえなかった。けど真っ直ぐに私のことだけ見つめているイルームという神官のことをちらちら見ているし、彼のことを好きだったりするのかな。

あと神官のイルームさんが私を見つめ過ぎていてびっくりする。

「え、ええっと、イルームさん」

「はい‼　なんでしょうか、神子様‼」

「えっと、私は、レルンダっていうの。名前の方が嬉しいな」

「レルンダ様ですね。かしこまりました‼」

「私、自分が神子、確信持てない」

「いえ、貴方様は神子です。私の全身が貴方様が神子であると告げています‼」

「そ、そうなんだ」

「ええ、そうです！　レルンダ様、どうか、なんでもしますから私をお傍においてくれませんか！」

「ええ、ええっと……」

キラキラした目で見られて、正直私はどう反応するべきなのだろうか、と悩んでしまう。イルームさんは、悪い人ではないとは思う。多分、本当に私のことを思っているのだと思う。

——私は、本当に神子なのだろうか。そのことも頭の中でぐるんぐると回っている。この人が悪い人ではなくても、私たちの村に引き込んでもいいのだろうか。多分、私の敵にはならないと思う。いや、でもこの態度が演技の可能性もあったりするのだろうか。

私は困って、ランさんとドングさんに視線を向ける。

「そこの魔法剣士の方も、同様の希望ですか？」

「出来たらそうしたいが」

「そうですか。では、一旦保留にさせてください。レルンダも困っていますし、あとから結論を告げても構いませんか」

「ええ、いくらでも待ちます‼　レルンダ様の傍にいられるのなら‼」

結局、その場は一旦お開きになった。イルームさんたちは、村から少し離《はな》れた場所で待っているということになった。

イルームさんと、魔法剣士の人のこと、どうしたらいいのだろうか。


「どうしよう……」

私たちは村に戻った。

あの神官のイルームさんは悪い人ではないとは思う。だけど、少し恐ろしく感じてしまうのは、イルームさんがびっくりするぐらいの勢いだったからかもしれない。

「どうしましょうね。あの神託を受けた神官は、悪い者ではないでしょう。ですが、過剰《かじょう》な反応を示していますあれは信仰《しんこう》しているとも言えるかもしれません。その度が過ぎた信仰は……この村にとって危険である可能性も十分あります」

ランさんの言葉を私は聞く。ドングさんがその横で頷いている。

私を信仰している。

そんな存在に遭遇したのは初めてで私はどうしたらいいのか分からない。イルームさんをどうすればいいのだろうか。

そしてその私に対する信仰という気持ちが、この村にとって危険になる可能性がある。その意味が私は正しく理解出来ない。そもそも私に対して、そういう信仰？　にも似た気持ちを持っているっていうのがよく分からない。その結果何をもたらされるのか、想像が出来ない。

「……どういう風に？」

「そうですね。例えば、信仰心の篤《あつ》い者は驚くべきことをなしたりもします。その人が絶対だと信じているので、言うことを全て信じ、その人が望むことをなんでもしようとするでしょう。あの神官は……レルンダが命令をすれば、どんな危険なことだって行うかもしれません」

「……そうだな。そもそも人間が俺たち獣人のことを奴隷《どれい》にするのは、俺たちが人間よりも下だと人間が信じ切っているからだ。信じるということはそれだけ人を動かす力になる」

ランさんも、ドングさんもそんな風に言う。

信じるということ。それは凄い力なのだという。その気持ちは分かる。

「一つの種族で出来なかったことだって、皆で力を合わせれば出来るって思う」

――植物の魔物を退治しにいくために私が、シレーバさんに言った言葉。

私は、私たちが力を合わせればなんでも出来るって、そう信じた。信じたから力強くそう言った。

そしてその言葉でエルフたちは共に戦う仲間になってくれた。信じたから、それがなせた。

「もしレルンダが他意なく口にしてしまった望みでも、あの神官は叶えようとするかもしれない。いいえ、もしかしたらレルンダが望んでいないことだって、レルンダのためになると信じていたらあの神官はやってしまうかもしれない。信仰するとは、そういうことです」

かもしれない――あくまで、可能性でしかない話。だけれど、もしそういうことを行われたのならば、確かに、この村にとって悪い結果をもたらすかもしれない。

「誰かのために行動をするのは素晴《すば》らしいことです。でも、その人のために行動をしてもその人が望んでいなければただの独りよがりの迷惑《めいわく》な行動でしかありません。そういう行動をしてしまう可能性があの神官には十分にあります。先ほどの様子を見た限り、随分《ずいぶん》、レルンダにのめり込んでしまっていますから」

「その通りだ。そういう危険性があの男にはある。だが……レルンダの傍にいられないとなると、あれだけレルンダにのめり込んでいる男がどういう行動に出るかも分からない。望んでいる存在がすぐ傍にいるのに近づけないという状況《じょうきょう》で、どうするか分からない。それに、もし今回俺たちがレルンダの傍にあの神官を置くことをやめたとして、あの男が諦《あきら》めるとは思えない」

ランさんと、ドングさんの言葉をそれぞれ聞く。

勝手に行動をされる可能性がある。私のために、という理由で。それは困ってしまう。

それにドングさんの言うことももっともだと思う。イルームさんが私のことを諦めるようには思えなかった。ならば、どういう選択が一番正しいのか。

「私は……危険ですが傍に置くのも一つの手だと思います。むしろ勝手にレルンダの名を使って行動をしたりしないようにこちらで監視し、上手《うま》く利用するべきかもしれません」

「利用……」

「ええ。難しいとは思いますが、こちらの都合のいいように動かすことが出来たら一番だと思います。少なくとも、レルンダが〝神子〟として生きていくというのならば、誰かの上に立つのに慣れる方がいいと思いますの。これからのことを考えるなら、ですが」

神子、として私が生きていくのなら――誰かの上に立つことに慣れた方がいい。そんな風に言われても実感は湧かない。だけど、これからのことを考えて選択をしなければならない。

私はイルームさんに悪い気持ちは感じていない。出来たら私を好いてくれている人とは仲良くしたいと思っている。だけれども、そうすることによっての結果がどうなるか分からない。

その日は、結論が出ないまま夜が明けた。

私はなるべく、仲良く出来る人とは仲良くしていきたい。もちろん、仲良く出来ない人や分かり合えない人もいることは理解している。

私がいくら仲良くしたいと思っていても、向こうが同じように思わなければ仲良くは出来ない。

イルームさんは、私と仲良くしようと思ってくれている。でも、その好きって気持ちが強過ぎるからきちんとしなければならない。一緒にいるのならば、私には覚悟がいる。

私は、神子かもしれない……ううん、あの神託を受けたというイルームさんの話を聞く限り、かもしれないではなく、神子であるというのが正しいのかもしれない。

――かもしれない、ではなく、であると思わなければいけないのだろう。とはいえ、イルームさんが言っていることが本当であるかは分からない。

それでも私に他の人が持ち合わせていない力があるのは確かであって、その力を使って皆を守っていきたいとそんな風に思っているのも確かだ。

だからこそ、自分が特別であることを受け入れて生きていくのならばランさんの言う通り、そういう立場として生きていく覚悟を持たなければならないのだとは思う。

そんなことが私に出来るだろうか、と思うけれど、不安になっていたら何も出来ない。

「レイマーは、どう思う?」

「ぐるぐるぐるるるうるる（レルンダのやりたいようにすればいい）」

「やりたいように、やっていいのかな」

「ぐるぐるるるるぐるるぐるるるるるるるる（やっていい。何かあれば私たちがどうにかする。それにレルンダを追ってやってきたのはランドーノも一緒だろう）」

「うん、ランさんも……、私を追ってやってきた」

「ぐるぐるるるるるる（ランドーノを受け入れる時と変わらないよ）」

「うん。でも……イルームさんは、私を信仰しているんだよね。獣人たちがレイマーたちを信仰しているように」

「ぐるぐるっるるるるるるるうる（信仰されていようが、自由にやればいい。その神官が何かするならどうにかするだけだ）」

レイマーは優《やさ》しい。私に向かって、好きなようにしたらいいと言ってくれる。私がどれだけ好きに動いても、どうにかするからとそんな風に言ってくれる。

「ぐるぐるるぐるるっるるる（ランドーノの時も、最初は皆警戒していただろう）」

「うん」

「ぐるぐるるるっるるうっる（でも今は、受け入れている。レルンダがやりたいなら大丈夫だ）」

「うん……そうだね」

一歩踏み出さなければそもそもどうにもならない。

私はイルームさんと関わりたいと思っている。ランさんだって最初は警戒されていた。けれども今はすっかり村の一員になっている。互《たが》いに歩み寄れば、きっと大丈夫。

——私は、悩んで、ランさんたちに相談した。

「私、イルームさんたちを受け入れたい」

「そうですか……。私としましても会ってしまったからにはこのまま帰すよりも、村で監視した方がいいとは思います」

「不安がないわけではないが、レルンダが仲良くなれる予感がしているのならば大丈夫だろう」

「レルンダが望んだならば別に構わない。精霊様や我らに害がないのなら」

私の言葉に、ランさん、ドングさん、シレーバさんはそう言ってくれた。村の皆のことも三人が説得すると言ってくれたのだ。

そんなわけでイルームさんとあの魔法剣士さんを受け入れることにした。

私を、〝信仰〟しているといっても過言ではないイルームさんが私の言動で暴走してしまう恐れがあるのと、何を思ってイルームさんと一緒にいるかよく分からない魔法剣士さんに対する不安はあるけれども、受け入れる道を私は選んだ。もちろん、ただ無条件に受け入れるということはしない。監視することは決定されている。

私たちがイルームさんの元へ向かって、「貴方方を村に置くことにした」ということを告げると、イルームさんはそれはもう嬉しそうな笑顔《えがお》を見せていた。

「イルームさん」

「はい、なんでしょうか、レルンダ様‼」

「私は、村の皆が大事。だから……勝手なことはしないでほしい。何かやろうとするなら、私に一言言ってほしい」

私のぽつりと零《こぼ》してしまった言葉でも叶えようとするかもしれない、私のためを思って、勝手に行動を起こすかもしれない。そういう可能性があるとランさんたちに言われたからこそ、最初にそうお願いした。

私が村の皆が大事なのだときちんと伝えていれば、イルームさんは私のためにと村の皆にとって不利益になることをしないだろう。

そしてこう言っておけば、私はイルームさんが困ったことをしようとする前に止められるだろうと思った。

私の言葉にイルームさんは、

「はい‼」

と、躊躇いもせずに頷くのだった。

本当に私の言うことならばなんでも頷いてしまいそうな勢いだった。私の言葉が全てとでもいうような態度に、なんだか久しぶりに姉のことを思い出してしまった。

姉の言うことは正しい。——そんな風に生まれ育った村の皆は姉に従順だった。両親も村の人も、姉の願いを叶えようとしていた。その様子を思い起こすと、やっぱり言動には気をつけなければならないと改めて思うのだった。

イルームさんと、魔法剣士のシェハンさんを村へと案内した。

村の場所が分からないように目隠《めかく》しをして連れて行った。イルームさんは一切躊躇いもせずに目隠しをしてくれた。シェハンさんはイルームさんがするならと渋々《しぶしぶ》していた。

「ここがレルンダ様が現在住まわれている場所なのですね！」

この村は、まだ形になってきたばかりだ。

村の中心に精霊樹《じゅ》という特徴《とくちょう》的な樹はあるけれども、精霊樹はまだ回復しきっていない。精霊樹に魔力《まりょく》を流すことは続けているけれど、まだエルフたちの契約《けいやく》している精霊たちは休んだままだ。

精霊樹を除いてみれば、普通の村だ。確かにエルフとか獣人とか色々な人が住んでいるから家の形はそれぞれ違うけど。どうしてこんなに興奮しているのだろうか。

「そんなに興奮するものでもないだろう……」

「いいえ、シェハンさん。ここは神子であるレルンダ様の住んでいる場所なのですよ。それだけでも聖地として認定《にんてい》されてもおかしくないです。ここでレルンダ様が生活をしておられるというだけで興奮するのは当然です！」

シェハンさんの呆《あき》れた言葉に、イルームさんは躊躇いもせずに答えた。

聖地……と不思議な気分になる。私が住んでいる場所というだけで興奮するイルームさんに、私はイルームさんが暴走しないように制御《せいぎょ》出来るのだろうかと少しだけ不安を覚えたのだった。

イルームさんとシェハンさんは、監視をされながら村の中に馴染《なじ》んでいった。今のところ目立った問題は起こしていない。イルームさんは一生懸命《いっしょうけんめい》だし、シェハンさんはイルームさんの傍を離れることはあまりないという。シェハンさんがイルームさんの傍を離れないから監視するのが楽だと村の皆が言っていた。

許可された時しか外に出られないのに、イルームさんは満足そうに暮らしている。

私の姿を見るたびに満面の笑《え》みを浮《う》かべるイルームさんに、監視をしていたエルフたちは怪訝《けげん》そうな顔をしていた。

「レルンダ、あの男は不気味だ。気をつけるんだぞ」

エルフたちは基本的に精霊やそれにまつわるもの以外は興味がないといった様子だけど、私のことを心配してくれているのかそう言ってくれた。私のことを思ってくれているのだと分かるから、嬉しくなった。

そしてあの民族から人質《ひとじち》としてやってきているフィトちゃんも相変わらずだ。神と交信が出来るかどうかというのは正直定《さだ》かではない。そのことが本当かは分からないままだ。

「フィトとイルームさんを会わせない方がいいでしょう」

「どうして?」

「イルームさんはレルンダのことを神聖視しています。なので、神と交信出来るというフィトのことを知ったら、ややこしいことになりますもの」

ランさんがイルームさんとフィトちゃんの様子を見て、そのようなことを言っていた。神と交信が出来るとされている少女を相手にイルームさんがどのような態度を取るか分からないからだ。

イルームさんとの出会いは、私に神子という存在をより一層実感させた。

私はイルームさんと出会ったことで、自覚を持たなければならないのかもしれないと思った。そしていい加減に、受け入れなければならないのかもしれないとも思った。自分が普通とは違うことをもっと考えなければならない。

例えば、本当に私が神子という存在だとしても、神子とはなんなのだろうか。

神子は一般的《いっぱん》に神に愛されている者とか、神子の住まう土地は栄えるとか、そういうことが言われている。だけど、神様に愛されているってどういうことなのだろうか。

神様に愛されている。そこだけを捉《とら》えると、何もかもに愛されて、幸福に満ちている存在だと皆は認識《にんしき》する。不幸なんて感じることがない存在だと。でもそれは違うと私は身をもって知っている。

私の生まれ育った村での生活は、今の幸せを思うと決していいものではなかった。

シーフォやレイマーたちと出会って、ガイアスたちと出会って、初めて私は幸せを感じられた。家族についてや、誰かを大切に思う気持ちを知った。それまで私はただ生きていただけだった。

そして幸せを感じてからも、アトスさんを失ったり、ニルシさんたちの村が襲われたり――決して全てが上手くいっているわけではなかった。エルフたちからは生贄《いけにえ》にされそうになり、その後は植物の魔物と戦うことになって、精霊樹はいまだに回復もしていない。民族と不用意に接触してしまって、その結果ロマさんが亡《な》くなって。

私の人生は、決して全て上手くいっているわけではなく、これからも上手くいき続けるなんていう保証は一切ない。

私が神子だったとしたら――神子は必ずしも幸せに生きるわけではない。ランさんはむしろ神子という存在は様々なことに巻《ま》き込《こ》まれるのではないかと言っていた。

神子って、結局なんなんだろう。

神様に愛されているというのは、確かなのだろう。でも私が神子であるというのならば、私を愛している神様って誰なのだろうか。

神子は神様によって、異なる影響力があるって言っていた。私が望めば、その神様は応えくれるだろうか。

神と交信が出来る特別な存在と言われているフィトちゃん。フィトちゃんが本当にそういう存在ならば、フィトちゃんの方が神子と言えるのではないか。色々な考えが、頭の中を巡《めぐ》る。

今回のイルームさんのように、私のことを〝神子様〟として信仰してくる人がこれから増えるかもしれない。

私が神子かもしれない、と言っても獣人の皆は私に対する態度をほとんど変えなかった。それは、本当にたまたまそういう人たちと出会っていたというだけで、私が神子かもしれない――ううん、神子であるとするならば、態度を変えたりする人がいくらでもいて、私はそういう人たちへの言動に気をつけなければならない。

私の言葉で、イルームさんは何をするか分からない。勝手に行動を起こすかもしれない。

だから、イルームさんの前では、私が言うこと、私がなすこと。全てに気をつける。本当はそんな風に気にせずに、自然体でずっと過ごしたいけれど仕方がないことだ。

私は私の特別な力を最大限に使って、私の目標を叶えたい。なら、その特別な力によるそういうことも受け入れて、ちゃんとしなければならない。

――私は本当に神子である可能性が高いだろう。レイマーやガイアスの変化も、『神子の騎士《きし》』としての変化と考えるのが自然だから。私は、神子である。ずっとかもしれない、と考え続けていたことを、私は受け入れる。受け入れたからといって何か起こるわけではないけれど、気持ちの問題だ。

「神様……私を、見守ってくれてる、神様。私頑張《がんば》るから、私のこと見守ってて、ください」

私を見守っていてくれる神様。私の他の人と違う部分の要因であろう神様。私はこの力を上手く使って、私の目標をきっと叶えてみせる。頑張るから、どうか見守っていてほしいとそんな願いを私は祭壇《さいだん》の前で神様に告げた。

幕間　その者たち、話し合う

その場所は、風が吹《ふ》いている。地上よりも、高い位置にある。その者たちが見下ろせば、広大な森が視界に映る。上空から見下ろす自然の緑。それはその場で話し合いをする者たちにとって当たり前の光景であった。

空高くそびえる山の上で暮らし、種族としての特性上、上空から下を見下ろす彼《かれ》らにとって山の麓《ふもと》とは自分たちの暮らす場所ではなく見下ろす場所だった。

「――あの者たちをどうする？」

そう言った男の視線は、彼らの存在している場所よりもずっと下にある地上へと向けられている。

その男は――いや、その場に存在している全ての者たちは、人間とは明らかに異なる点を持っていた。――それは、その背中に生えている翼《つばさ》のことだ。

それ以外の見た目は人間と変わらないというのに、その背には人間には存在しない翼がある。加えてその翼でその者たちは空を舞《ま》うことが出来る。この場で会話を交《か》わしている彼らはそういう種族であった。

「どうするも何も、私たちに関係はないでしょう。関わらなければいいだけじゃない」

一人の女が言う。

彼らは、ずっとそこで暮らしてきた者たちだった。地上よりも高い場所で、地上で暮らす者たちと関わることもなく生きてきた。空を舞うことが出来ない者たちはなんて不便なんだろう――そんな優越《ゆうえつ》感を少なからず持ち合わせており、選民主義なところのある種族だ。彼らは空を舞えない種族たちを事実、下に見ている。

空とは、彼らにとっての生きる場所である。どこまでも広がる空を彼らは愛していて、自分たちやその生活圏《けん》以外はどうでもいいと思って暮らしているのが彼らである。

故《ゆえ》に、女も、そしてそれ以外の者たちも、なぜ「どうするのか」と男が問いかけてくるのか理解が出来なかった。

自分たちの暮らす空まで麓に住まう者たちがやってくることはほとんどない。そもそも来られたとしても、空は彼らの領域であり、地上でならともかく空の上で彼らは負ける気はなかった。

――だから、放っておいても問題はない。それが彼らの内の大多数の意見である。

しかし、最初に問いかけを発した男は告げる。

「……俺《おれ》もそれに同意見だ。ただ、あの少女――人間の娘《むすめ》を見ると心がざわめく」

「心がざわめく？　まさか、あんた人間の娘に恋《こい》でもしたんじゃないでしょうね!?　私というものがありながらそんなことをするなんて。翼をもぐわよ!!」

「待て!!　違《ちが》う！　そうではない!!　そういうことではないのだ。ただ、俺たちの神に祈《いの》っているような気持ちになるというか、不思議な気分になってしまうのだ。それにあの少女は俺たちと同じように空で生きるグリフォンたちと共にいる。確かに人間は地に生きる者だが――、不思議な気分になるのと、俺の勘《かん》が放っておいてはいけないのではないかと告げている。お前たちも少しでいいから様子を見てくれないか。俺だけがそんな風な気持ちになるのか、お前たちも同じ気持ちになるのかよってもどうするか変わるだろうが――あの娘、多分、普通《ふつう》の人間じゃない」

普段冗談《ふだんじょうだん》を言わない男がそこまで言うので、周りの者たちは男が本気で口にしていることを理解する。

彼らの中で誰《だれ》よりも、神に祈る男。

冗談など普段から口にせず、空を愛している男。

彼の言うことだからこそ、普段ならば地に住む者たちはどうでもいいと取り合わないことだけど彼らは聞いた。

その男の言う少女を知覚することを彼らは決めた。

3　少女と、人質の少女

「フィトちゃん……結局どういう子なんだろう」

神子《みこ》と言われている私。……自分は神子であると受け入れたけれどやっぱり自分のことを神子って言うのはなんだか違和感《いわかん》がある。

私は神の声を聞けるわけではない。聞こうとしたら聞けたりするのだろうか。今度試《ため》してみよう。

フィトちゃんが神と交信出来る、と言われているのはなんでなのだろうか。本当に神の声を聞けるのだろうか。

フィトちゃんはあまり自分のことを話さない。昔の私と同じような雰囲気《ふんいき》を感じる。あまり喋《しゃべ》るのが得意ではないのが時々しか接していなくても分かった。

フィトちゃんという少女――神の娘《むすめ》という少女が実際にどういう存在なのか知りたい。私と同じなのか、それとも違《ちが》うのか。

フィトちゃんはこちらに人質《ひとじち》として来てから、一度もあの民族の人たちと会っていない。そのことに対してフィトちゃんが何かを言うこともない。

私も民族のところにはあれから一度も行っていない。危険だから会わないようにって言われている。私が自由に彼《かれ》らの村にまで行けるぐらいの関係になれたらいいと思う。

——グリフォン、シーフォ、フレネがそれぞれ彼らの様子を見てくれていて、それを見る限りはこちらに対して何か起こそうということはないらしいとは言っていたけれど。

フィトちゃんがこっちに来てから、ガイアスの変化が起こったり、イルームさんたちがやってきたりして色々起こっていたからフィトちゃんのことをまだ詳《くわ》しく知れていないのだ。

「——あの人質の少女について？」

「そう。シレーバさん、食事持っていったりしてる。何か、分かった？」

私はシレーバさんにフィトちゃんについてどういうことを知っているのか聞いてみた。

シレーバさんは、フィトちゃんが神と交信出来るというのを聞いて興味を持っていたのか進んで関わっていた。

「今のところ、そういう能力は見られない。レルンダのように精霊《せいれい》様の姿が見えるというわけでもないようだ」

「そうなの？」

「ああ。フレネ様に近くを通ってもらったが、一切《いっさい》気づいていなかった。ただ、我らの神が精霊様であり、ドングたちの神がグリフォンであるように、あの人質の娘たちの言う神も違うのかもしれないが」

「……そうだね」

神様は、種族によって違う。

この世界には様々な神様がいると伝えられているし、あの人たちの言う神様は私たちの思う神様とは違うのだろう。

……私にとっての神様はなんだろうか。

「我らの想像の出来ない何かを持ち合わせているのか。それともレルンダと同じような存在なのか。――あるいは、何も力を持たないか」

「……何もないのに、交信出来るって言うの？」

「そういう可能性もあるだろう。何を考えてそれを言っているのかも分からないが」

「神と交信出来る、特別な少女を人質にって……あの民族の人たちが言ってたはず。そんな、嘘《うそ》つく？」

フィトちゃんを人質としてこちらによこす時に民族が言い出したことだと聞いている。それが嘘ということがあるんだろうか。

「でも、本人はそう言っておらんだろ？」

そうシレーバさんに言われて、私はあっと声を漏《も》らしてしまった。そうだ。フィトちゃん自身はそんなことを言っていない。民族がそういうことを言っていたのを聞いただけだ。

「うん」

「あの人質の娘がそういう存在であるとしていたということなのではないか、とそんな風にさえ思える。あの娘は接している限り何も特別なところはないように感じられるからだ」

「……そっか」

「ああ。あの娘はまだ幼いが、一切家族に会いたい、仲間に会いたいとも口にしない。ただ落ち着いて閉じられた部屋の中で暮らしている。――それは、あの者たちと暮らすよりも今の環境《かんきょう》の方が過ごしやすいということなのかもしれない」

フィトちゃんは会いたいと口にしない。人質となっているのに泣くことも、嘆《なげ》くこともない。ただ、のんびりと生活をしている。監視《かんし》がつけられていて窮屈《きゅうくつ》だろうに、そのことに不満を漏らしたりもしない。

「あの娘がこちらに何かをやろうとする気はないだろうという結論には至っている。だから、レルンダがあの娘に会いに行くことに対してこれから咎《とが》めはしない。もちろん、一人で会いに行くことは許可出来ないが」

「ほんと⁉」

思わず声が弾《はず》んだ。今まであんまり会うことに賛同されなくて数えるぐらいしかフィトちゃんと関われなかった。自分から言わないとフィトちゃんに会わせてもらえなかった。

でもこれからは前よりもフィトちゃんと会うことが出来るらしい。気になることがたくさんあるから、フィトちゃんと仲良くなって少しずつでも聞けたらいいな。

フィトちゃんのことをきちんと知りたいと私は思うのだ。だから、フィトちゃんには後日改めて会いに行くことになった。

私は今、狼《おおかみ》の姿に変化しているガイアスと共にいる。

狼の姿に変化することが出来るようになったガイアスが実際にどのようなことを出来るようになったのかというのがまだ分からない。出来ることが増えているのならば、それを使いこなせるようにしたいとガイアスは言っていた。

私も魔法《まほう》をもっと使えるようにならなければと一緒《いっしょ》に学んでいる。

魔法で空に浮《う》けるようになり、少し自由に動けるようになっている。相変わらず今のところ風の魔法以外はそこまで出来るわけではないけれど出来ることが少しずつ増えているのを実感している。

そのことが嬉《うれ》しくて仕方がない。

狼の姿のガイアスは、私の傍《そば》を駆《か》けている。素早《すばや》い。そして大きい。もふもふなガイアスはとてもかっこいい。

「ガイアス、魔法は使えそう?」

「がうがう(んー。難しい)」

走り回って、一息ついているガイアスの身体《からだ》を撫《な》でる。

そこにフレネが声をかけてきた。

「ガイアスは、レルンダの影響《えいきょう》もあって風の魔法なら上手《うま》く使えるとは思うんだけど」

「がうがう（使えるようになりたい）」

「一旦《いったん》人の姿に戻《もど》ってみたら？　その姿になるのも魔力《まりょく》を使っているだろうから」

ガイアスは私の影響で耳や尻尾《しっぽ》の色が変化したり、狼の姿になったりしたことでフレネの声をいつでも聞けるようになっていた。ガイアスはフレネの言葉に、元の姿に戻った。

人の姿に戻ると、ガイアスは一旦座《すわ》り込《こ》んで休んでいる。前に変化した時よりも疲《つか》れが少なく見えるのは何度も変化して慣れてきたからだろうか。それとも何かしらの影響で魔力が増えたとか？　今のところ、そういうのも分からないことだらけだ。

もっと自分の力のことを知っていきたい。私が何を出来て、何が出来ないかをきちんと見極《みきわ》めたい。自分の限界などを知っておかなければ何かあった時に大変だから。

というか、私も頑張《がんば》ったら姿を変えられたりするのだろうか。そういう魔法があるのならば、夢が広がると思う。

風の魔法をガイアスが使えるようになるために、私がまずガイアスに風の魔法を見せる。風の刃《やいば》とも呼べるものを出現させて一本の木を根元から切り倒す。木が大きな音を立てて倒《たお》れていく。

ガイアスも同じようにやってみようと目を瞑《つぶ》る。集中しているのだろう。銀色の耳や尻尾が微《かす》かに動いている。

魔力がガイアスの周りに集まっているのがなんとなく知覚出来る。そしてその集まった魔力が形となっていく。魔法が完成する直前にガイアスは目を開いた。魔法が放たれ、私が切り倒した木と

別の木にぶつかる。威力《いりょく》が弱かったのか切れることはなかったが確かに魔法は形成された。

「やった！」

ガイアスが嬉しそうな声をあげている。

少しずつ出来ることを私たちは増やしていけている。出来ることが増えたのは嬉しい。

「ガイアス、浮けるように頑張ろうよ。私、ガイアスと空の散歩してみたい」

ガイアスが空に浮けるようになって、一緒に空の散歩が出来たら楽しいと思う。というか、私が皆《みんな》を浮かせられるぐらい魔法が使えるようになったら、魔法が使えない皆とも一緒に空に浮けるようになったりするのだろうか。そのくらい、魔法が使えるようになれたらって考えてしまう。

「ああ！」

ガイアスも空の散歩と聞いて、目を輝《かがや》かせて頷《うなず》いた。

「もっと、出来ることを増やして、みんなとずっと一緒にいられるように頑張りたい」

もっと、もっと――、どんどん願望が湧《わ》いてくる。出来ることが増えても、もっと先へ行きたいのだと。その思いがたくさん湧いてくる。それはガイアスが私に〝皆が笑える場所を作りたい〟って夢を提案してくれたから。ガイアスが願って、口にしてくれたその夢は私だけじゃなくて、私たち皆の夢になった。

あの時、ガイアスが口にしてくれた夢があるから、その夢に共感出来たから、その夢のために頑張りたいと思ったから――、だからこそ、何があっても頑張ろうって思えるんだ。

「うん……俺《おれ》も、皆と一緒にいられるように、皆が安心出来る場所を作れるように頑張りたい」

幸い今は、暮らしていく上で問題は起こっていない。またいつか、戦わなければならないことが起こるかもしれない。いや、ただこのまま平穏《へいおん》に時が過ぎていくとは思えない。

だからこそ、出来ることを増やしていかなければならない。私たちが、私たちの夢を叶《かな》えるために。

「出来ること、たくさん増やそうね」

「ああ！」

二人で頷き合って、またしばらくの間私たちは自分たちが出来ることを増やしていくために行動を続けるのだった。

ガイアスは狼の姿に変化したまま魔法が使えないかやってみていたけれど、それはまだ成功出来なかった。

◆

精霊樹《じゅ》。

そう呼ばれる樹の宿り木がこの村の中心部に植えられている。その宿り木に、私は村が出来てからずっと魔力を込め続けていた。そうすることによって、精霊樹の中で休んでいる精霊たちを少しでも早く回復させ、精霊樹を成長させる。

精霊樹は、私の背を越《こ》えるぐらいには回復した。

「魔力が少しずつ満ちてきているわ」

私の隣《となり》に立つフレネは満足そうにつぶやいている。

目に魔力を込めて精霊樹を見ると、魔力の動きがなんとなく分かる。シレーバさんたちの大切にしている精霊たちが早く回復して、皆の傍にいられるようになったらいいなと願ってやまない。

精霊樹の傍はなんだか安心する。精霊樹を回復させるような力が私にあることが嬉しいなと思う。

フレネやグリフォンたち、シーフォ、あとガイアスもだけど私と繋《つな》がっている者たちにとって、私の魔力が満ちている精霊樹の周りは心地《ここち》がいいらしい。グリフォンやシーフォたちもよく精霊樹の傍で休んでいる時がある。

今日は、精霊樹の傍でグリフォンの兄妹《きょうだい》のレマとルマがのんびりと過ごしている。その様子を見て獣人《じゅうじん》たちが二頭を崇《あが》めている。

「レマもルマも可愛《かわい》い」

寛《くつろ》いでいる二頭に私は手を伸《の》ばして、そのもふもふを堪能《たんのう》する。いつもブラッシングをしているのもあって、触《さわ》り心地がよい。出会った頃《ころ》より大きくなっている二頭は、出会った頃と変わらない態度で私に甘《あま》えてくれる。グリフォンたちと接していると心が穏《おだ》やかになる。

「ぐるぐるぐる～（撫でられるの気持ちいい！）」

「ぐる、ぐるぐるぐるるるる（樹、大きくなったね）」

と二頭が声をあげる。

精霊樹が少しずつ大きくなっていることを二頭も喜んでくれている。

「うん。大きくなった」

精霊樹は、初めて見た時神秘的な光を放っていた。目の前にある精霊樹よりもずっと大きく育っていた。あの植物の魔物《まもの》が魔力を吸い尽《つ》くしたせいで力はなくなっていたけれど、それでも神秘的だった。

あの時見た精霊樹のように、もっと回復してね、とそんな思いを込めて精霊樹を見る。

「レルンダ、ありがとうね」

「フレネ、どうしたの、突然《とつぜん》」

「レルンダがいたから私は回復出来た。そしてレルンダがいたから精霊樹をこうして移すことが出来た。だから、改めてお礼を言いたいって思ったの」

「お礼いらない。私もフレネと契約《けいやく》出来て、嬉しいから。フレネと契約出来なければ、あの魔物、倒せなかったかも」

お礼を言われて不思議な気持ちになる。

私がいたから回復出来たと言うけれど、私はフレネと出会えなければあの魔物を倒すことが出来なかっただろう。フレネと出会えなければ精霊樹に対してどんな風に対処をしたらいいかも分からず、宿り木をこうしてこの場に移すことも出来なかっただろう。

そう思うと、やっぱり出会うってことは一種の奇跡《きせき》なんだって思う。

誰《だれ》かと出会うってこと、出会ったからこそ始まったこと。たくさんの出会いがあったからこそ、私の歩みはこの場所まで続いてきた。

「私は、フレネが傍にいてくれて心地いい。フレネが私と契約してくれて、嬉しい。だから、出会ってくれて、ありがとう」

出会うって凄《すご》いなと思うと、私もフレネにありがとうを伝えたくなった。だから口にすれば、フレネも笑ってくれた。

フレネのように精霊樹で休んでいる精霊たちが回復してくれたらいいな。一緒にお話しが出来るようになって、皆で笑い合えれば――そんな未来を夢見る。

そんな風に全てが上手くいくかなんてさっぱり分からないけれど、そうなっていきたい。いつになるかも分からないが、私が魔力を込めることで回復はしてくれているのだから。

「精霊たち、回復出来たら皆お喋りしてくれるかな」

「ええ。喜んでするわ。だって皆、レルンダに感謝しているはずだから。レルンダが話したいって言ったらいくらでも話してくれるはずよ」

「そうだと、嬉しいな」

いつか、お話ししようね。いつか、一緒に笑い合おうね。いつもそんな思いを精霊たちに抱《いだ》いている。

そのように精霊樹の前で穏やかな気持ちでフレネやレマ、ルマと接していると、ドングさんに呼ばれた。

「レルンダ、今からあの少女のところに行くぞ」

「フィトちゃんの、ところ？」

「ああ」

あの人質の少女――フィトちゃんのところに行けるという。せっかく話せるのだから、気になっていたことを聞いてみよう。

ドングさんたちは、フィトちゃんには私のような力は見られていないと言っていた。でも神の娘というぐらいだから、神子の私と似たような存在なのではないか。同じような存在であるのならば、もっと私はフィトちゃんと分かり合えるだろうか。

「フレネ、行こう」

「ええ」

フレネに声をかけ、ドングさんの傍に向かった。

そうして私たちは精霊樹をあとにして、ガイアスと一緒にフィトちゃんの元へ向かうのだった。

「こんにちは、フィトちゃん」

「……こんにちは、レルンダ」

目の前にフィトちゃんがいる。

フィトちゃんは人質としてここに来ている少女だ。薄緑色《うすみどり》の髪《かみ》を腰《こし》まで伸ばして、それを一つに結んでいる。顔には刺青《いれずみ》が刻まれていて、その刺青は他の民族の人たちとももまた違うもののように見えた。

あの人たちの中で、フィトちゃんが特別とされていることは知っている。——あと、神と交信が出来るなどと言われていることも。だけどそれは人づてに聞いた話でしかなく、フィトちゃん自身を知っているわけではない。

身体に傷をつけ、模様を刻む。それがあの人たちにとっての当たり前のこと。そういう文化であるのは理解しているけれど、それを見ると痛くなかったのかなとそんな思いが湧いてしまう。

「やっぱり、この子私のことも全然見えてないし、声も聞こえてないわね」

フレネがフィトちゃんの周りをうろうろして、そんなことを言った。

フィトちゃんはやはり、フレネのような精霊が見えるわけでも声が聞けるわけでもないらしい。

「フィトちゃん……元気？」

何を聞いたらいいか分からなくなって、そう問いかける。いつもこういうことばかり聞いている気がする。

「何不自由ない。元気」

「外へ出られないのに不自由ないのか？」

ガイアスも、気になったみたいでそう聞いた。ドングさんは私たちの斜《なな》め後ろに控《ひか》えて、黙《だま》って会話を聞いている。

「村の方が不自由だから」

「なんで？」

「……私はあの村でそういう、立場だったから」

もしかしたら聞いても答えてくれないのではないかと思っていたけれど、フィトちゃんはそのぐらいなんでもないとでもいうように話し始めた。

この機会を逃《のが》さないように、ずっと気になっていたことを思いきって聞いてみることにする。

「特別な存在っていう？　それでなんで、不自由？」

「……そういう立場の者は他と接すると穢《けが》れるとされているから」

「神様と交信って、出来るの？」

「……出来ない」

「出来ないのに、出来るって言うの？」

「そう。私は前任者に、そういう風に教わった。出来ないけど、そういう立場として振《ふ》る舞《ま》って、村のために動く。それが、私の立場。神の娘などと言われている立場の、実際の姿」

「フィトちゃん、なんでそれ、教えてくれるの？」

「貴方《あなた》たちは村の皆じゃないから。それに……そう振る舞うのも疲れるから」

要するに、フィトちゃんは民族の中で神の娘と呼ばれる立場である。そして、そういう存在は誰かと接すると穢れるとされている。ということは、これまであまり人と関わらないようにしてきたのかな。

何より驚《おどろ》いたのは、フィトちゃんには神と交信出来る力がないということ。

フレネのことも見えないし、シレーバさんの言っていた通りだった。もしかしたら少しは神様と何かしら交流が出来たりするのかと思ったが、そういうことは全くないらしい。

つまり、フィトちゃんは普通《ふつう》の子どもなのである。

だけど、神と交信が出来ないのに出来るふりをして、村のために動かなければならない。それが、神の娘という立場だから。そういう村とかがあるなんて知らなかったから不思議な気持ちになる。

フィトちゃんがこうして質問にどんどん答えてくれるのは、そういう立場に疲れてしまったからなのかもしれない。

私だったらどうだろうか。出来ないことを出来るように見せて振る舞うこと。そしてあまり人と関わらずに過ごさなければならないこと。

——それはとっても、疲れることだ。フィトちゃんは私より少し年上なだけなのに、その年で、そういう振る舞いをずっとやってきていたということなのだろう。少なくともその神の娘という立場に収まった時からずっと。その瞬間《しゅんかん》から、フィトちゃんとしてではなく〝神の娘〟という民族内での特別な立場として振る舞ってきたのだ……私は、神子なのだろうけど、レルンダとして見てくれる人がいる。生まれ育った村を出てから、私の名前を呼んでくれる人がたくさん出来て、嬉しかった。自分を見てくれる人がいることに心が温かくなった。

「フィトちゃんに、そういう力がないの、村の人は知らない？」

「知らない、と思うわ。面と向かって聞いたことはないけれど。私のことも、前任者のことも、神の声を聞けると信じ込んでいるのかもしれない」

「そんなフィトちゃんを、人質に出したのは？」

「よっぽど、この村と敵対したくないからでしょう。あと私が自分から望んだというのもある。住む場所を追われた私たちにとって、貴方たちは敵対すべき存在ではないから」

「わざわざフィトちゃんが特別だってこと、あの人たちが言ったのは誠意を示すため？」

「多分そうね。私という存在を差し出して人質にするから怒《いか》りを鎮《しず》めてくださいってこと。だから、何かやらかす気はない、はずよ」

フィトちゃんの言っていることは本当なのだろうか？　こんなにどんどん自分のことを喋ってくれるものだろうか。そんな不安も少しだけ湧いてくるけど、なんだか嘘を言っていない気がする。

「……フィトちゃんは、民族の人たちに会いたいってなんで言わないの？」

「……私に何も力がないって皆に知られた時、どんな態度を取られるかも分からないから、不安なの。神の娘という立ち場を受け入れて行動していたけれど、そういう振る舞いをして騙《だま》していたことには変わりない。それに……特定の人としか会わない生活をしてたから、皆に会わなくても違和感がない」

フィトちゃんは、淡々《たんたん》とそう答えた。

仲間に会わなくてもいい、というのはフィトちゃんにとっての本心なのだろうか。フィトちゃんは少しだけ寂《さび》しそうな目をしている気がする。フィトちゃん、本当は民族の皆と仲良くしたいのではないだろうか。

本当は神の娘としてではなく、フィトちゃんとして仲良くしたいのではないだろうか。

「フィトちゃんの本心……、違う？」

「違うって？」

「フィトちゃん……本当は村の人たちと、仲良くしたい、違う？」

「……」

「私……も、ちょっと気持ち、分かる。私、生まれ育った村でずっと、名前を呼ばれてなかった。アレとか、妹とか。でも、今はみんなに名前を呼ばれて、凄く嬉しい。フィトちゃんも、名前を呼ばれたい。違う？」

「……」

「民族の人たちのことがどうでもいいなら、大人しく人質にならないと思う。フィトちゃん、民族の人たちが好きだから大人しくしてる。違う？」

「……そう、かもね」

フィトちゃんは、少しだけ寂しそうな表情をして言った。

「じゃあ、その神の娘じゃなくても……フィトちゃんのことを受け入れてくれるように頑張ろうよ。私も、お手伝いするから」

「……レルンダは、私より特別。でもレルンダはレルンダとして見られている。……後ろの二人も、レルンダを大切に思っている。私にも、そういう風に見てもらえる人が出来たら……とは思う」

やっぱり、フィトちゃんはフレネのことが一切見えていない。だからこそ、ガイアスとドングさんのことだけを言っている。

「……うん。私も、なんの力がなくても私自身を見てくれる人が欲《ほ》しい。出来たら……皆が、私をただの人間として大切にしてくれたらいいな」

フィトちゃんはそうも言った。それがフィトちゃんの願望。神の娘として見られることなく、ただ一人の少女として生活をしたいと願っている。

私と、フィトちゃんってどこか似ているのかもしれない。

姉と区別され、アレや妹としか認識《にんしき》されてこなかった私。

神の娘とされ、力はないのにただの人間として見られなかったフィトちゃん。

私は、私自身を見てくれる皆が大好きだ。私は自分の名前を呼ばれることが本当に嬉しく思う。

その喜びを、フィトちゃんも知れたらいいなと思う。

だから――、

「フィトちゃん……私と友達になろう」

一人は寂しいから。友達がいる方が嬉しいからと思ってそう言った。

「友達……？」

「うん。そして一緒にフィトちゃんが、ただのフィトちゃんとして笑えるように」

「……うん」

フィトちゃんは私の言葉に頷いてくれた。

「俺も、フィトの友人になる。ドングさん、フィトはこれからもここから出られないのか？」

ガイアスが私とフィトちゃんの会話を聞きながら、声をかけてきた。

……友達になる。民族の人たちに認められるように頑張ろうって言ったけれど、フィトちゃんは人質としてここに来ているのだから自由に動けるわけではないのだ。なのに、勝手に口にしてしまっていた……私がフィトちゃんに会いに行くのは許可してもらえているけれど、フィトちゃんが外に出ることは認められていないのが現状である。

「……そのあたりはこれから話し合って決めることになる。ただ、その娘になんの力もないというのならば監視付きでなら外に出られるようにはなるだろう。レルンダやガイアスがその娘の友達になることに関しては問題ないが……、ただこういうことは言いたくないが、その娘が嘘をついていないとは限らないだろう。もう少し人を疑うことを覚えないと、騙されてしまう」

ドングさんの言うこともっともである。フィトちゃんは嘘をついているようには思えないけれど、嘘をつく人が世の中にはいるのだ。なんとなく直感的にフィトちゃんは本当のことを言っているのが分かるけれど、世の中には人を騙す人がいる。だからこそ、もう少し人を疑うことを覚えなければならない。

「フィトちゃん……外出の許可出たら、私のお気に入りの場所を案内するね」

「うん……でも出られなくても、いい。レルンダたち、友達になってくれたから。期待しないで待ってる」

フィトちゃんは私よりも大人だ。外に出られなくてもいいと、現状を受け入れている。私はそう思うと、もっと色々考えて口にしなければならないと改めて思った。

「フィトちゃんは――」

「フィトは――」

それから私とガイアスは、ドングさんが見守る中でフィトちゃんとたくさん話をした。フィトちゃんが今回話した神の娘についてのことなどは、他の大人の人たちに共有されるらしい。

フィトちゃん、外に出られたらいいな。許可が下りたら私がお祈《いの》りする場所とか、教えたい。そしてカユたちにも紹介《しょうかい》したい。

――あと、あの民族の人たちとも歩み寄れたら一番いいのかもしれない。私はそんなことを考えた。

幕間　猫は、暗躍している／姉は、新しい一歩を踏み出す

「なんで人間なんかに媚《こび》を売っているんだよ」

――俺《おれ》のことを見ている同じ獣人《じゅうじん》たちの目は厳しい。俺は通常の奴隷《どれい》たちよりもいい暮らしをしている。なぜなのかといえば、俺を買った伯爵《はくしゃく》家の令嬢《れいじょう》に気に入られているからである。俺の顔を気に入っているらしい〝お嬢様《じょうさま》〟に好かれるような態度を取り続けている。

俺はお嬢様に従順であるように動いている。お嬢様が俺の本音に気づかないように耳や尻尾《しっぽ》をあえて触《さわ》らせて、お嬢様を特別扱《とくべつあつか》いしているように見せている。それは全て捕《つか》まっている仲間たちのためだ。

結果がよければいいと俺は考えている。今、こうして仲間から厳しい目を向けられているのは辛《つら》い。でも、辛かったとしても俺は俺の目的を叶《かな》える。

母さんと姉さんには会えていない。生きてくれている――と信じている。信じなければやってられない。だけど、時々不安になる。俺がこうして動いている間に母さんと姉さんが死んでしまったらと考えると生き急ぎそうになる。だけれど、慌《あわ》てて行動して失敗してしまっては俺のこれまでの努力が全て無駄《むだ》になってしまう。

最近はお嬢様を唆《そそのか》して、獣人たちを伯爵家に少しずつ集めさせている。

——お嬢様は獣人を集めているということで、獣人マニアと呼ばれ出している。

貴族の中には、獣人を慰《なぐさ》み者《もの》にしたり、暴力を振《ふ》るってストレス発散をしたり、過労死させるほど働かせたりする。そういう者から守るためにも俺は屋敷《やしき》に獣人たちを集めているのだ。

お嬢様は、というより貴族令嬢というものは処女であるかどうかが重要であるらしい。そういうこともあって、流石《さすが》に俺は身体《からだ》までは奪《うば》われていない。ただ耳や尻尾は触られまくっているけれど。

お嬢様を言いくるめて、獣人たちに酷《ひど》い扱いをしないようにしている。他のところで奴隷をやるよりは、断然、この家で飼われた方が人としていい生活は出来ているだろう。

この頃《ごろ》、隣国《りんごく》で発見された神子《みこ》が偽物《にせもの》であったということが正式に発覚した。そのことがあって、ミッガ王国内はばたばたしている。奴隷たちが反乱を起こしてしまっている。同じ獣人たちの奴隷の中でも行動を起こして鎮圧《ちんあつ》されたという噂《うわさ》も入ってきていた。鎮圧——というのが殺害されたのか、捕《と》らえられたのか、そこまでは分からない。

今のところ、ミッガ王国の国内は確かに混乱しているが、まだ国力を残している。もっと大きな転機があれば——そう期待している。

お嬢様に気に入られていく中で、もちろん、俺のことを怪《あや》しむ者は多くいた。俺が獣人であり、この国を好いていることはありえない立場だったから。

お嬢様は俺のことを信じている、と口にした。お嬢様は俺が敵になることはないのだと一切《いっさい》疑うことはない。そのことに、少し複雑な気持ちになる。だけど、俺は獣人たちのために、自分のために動くのだ。

ある日、お嬢様は怪しむ人たちを信じさせるために、俺に命令をした。屋敷にいる他の獣人に酷い真似《まね》をしろと。

俺はそれを実行した。本気の力で、殴《なぐ》った。怯《おび》えている彼《かれ》らに。胸が痛かった。だけど、目的のためにはやらなければならないことだった。本人に聞こえるように小さく謝罪はしたが、俺は皆《みな》からしてみれば酷い奴《やつ》だろう。

だけど、本当、よかったよ。獣人を殺せとかそういう命令じゃなくて。言いがかりをつけてきた人間がお嬢様と同じぐらいの年頃で、そこまで危険な行為《こうい》を命令してこなくて本当によかった。

ほっとすると同時に俺はまだ覚悟《かくご》が足りないのかもしれないというのを実感する。

何かを犠牲《ぎせい》にせずに叶えられるものなんてない。――誰《だれ》も失わずに俺の目標が叶う、とは思えない。だけど、なるべく誰も失いたくはないと願う。多くの者たちが生きて、この奴隷という立場を抜《ぬ》け出《だ》す。それが、俺の最終目標。

お嬢様の信頼《しんらい》を勝ち取った俺は、ますますお嬢様の傍《そば》にいかなる時でも控《ひか》えるようになった。それと同時に、お嬢様の周りの貴族から手に入る情報をひたすら集めていった。そうすることで、俺や獣人たちが奴隷から抜け出すための手がかりと情報を集めているのだ。

――少しずつでもいいから、俺は俺の目標を叶えるために人間社会に溶《と》け込《こ》む。そして俺はミッガ王国の中での行動範囲《はんい》を少しずつ広げていっている。

そうしている中で、俺はおかしな動きをしている王子の存在を知った。

◆

「アリスちゃん、ありがとう」

目の前でにこやかに笑ってくれる人がいる。

誰かのお願いを叶えたいという私の願いを王女であるニーナエフ様は叶えてくれようとしている。

とはいえ、私の立場というのはとても微妙《びみょう》だ。

私は神子として大神殿《だいしんでん》に保護されていた。私自身も牢《ろう》に入れられるまでは神子だと慢心《まんしん》して好き勝手に動いていた。偽物の神子だということが明らかになり、今は皆から処分すべき存在だと思われている。実際、私は処刑《しょけい》されていてもおかしくはない立場だったのだ。だからこそ、自由に動けるわけではない。

ニーナエフ様に連れられて、辺境の土地アナロロに私はいる。そこの屋敷でニーナエフ様と一緒《いっしょ》に住んでいる。私は神子ではなかったけれど、神子として表に出ていたため、利用される可能性があるらしい。

……私は、今までの人生がずっと不思議なほどに上手《うま》くいっていたからそういう可能性を考えたことはなかった。

でも改めて考えてみれば私が生まれ育った村であれだけ恵《めぐ》まれて生活していたのは、レルンダが神子という特別な存在だったからなのだろう。ニーナエフ様の調べによれば私の住んでいた村は作物が獲《と》れなかったりしていて大変で、国に援助を頼《たの》んでいる状況《じょうきょう》らしい。

私が住んでいた頃はそんなことがなかった。

だからこそ、私はたくさんのものを貢《みつ》がれていた。でもそれは、私の力ではなかった。多分、レルンダの力だったんだ。

……レルンダは気づいたらいなくなっていた。私は一切気にもしてなかった。レルンダは私のことをどんな風に思っているのだろうか。レルンダが、あの村でどんな生活をしていたのか。何を思って過ごしていたのか。……私は家族なのに、それさえも知らない。妹だとも知らなかった。

最近、妹という存在のことをよく考えている。

お母さんとお父さんは、私のことを愛していると思っていた。でも国が混乱すると同時にどさくさに紛《まぎ》れてどこかに消えてしまったという。

内乱が起こったからこそ、お母さんとお父さんに対する監視《かんし》の目が緩《ゆる》んで、その隙《すき》に彼らは去っていったのだそうだ。それからどこにいるのかも分からないのだと。

私の家族。それは普通《ふつう》とは異なるのだと、こうして自分が特別じゃないことを知って改めて思った。私の家族はおかしいのだと気づいた。

今、過ごしている屋敷の人たちは私が神子とされていた我儘《わがまま》な少女――だと知っているから最初は敬遠していたけれど、少しずつ歩み寄ってみたら私に笑いかけてくれるようになった。自分から近づくという行為に不安を覚えていたが、ニーナエフ様に激励《げきれい》をもらいながら話しかけてみたら大《だい》丈夫《じょうぶ》だった。

……今までは私に寄ってきて、私が特別だという態度を皆がしていた。それって、いうなれば私を私として見てないことだと、こういう状況になって初めて自覚する。私はちやほやされていたけれど……皆特別な私が好きだっただけなのだ。

だから私が神子じゃないと知って、私の周りには人がいなくなった。ニーナエフ様だけが、傍にいてくれている。……私は見捨てられても、殺されても仕方がなかったのに。

私は自分が特別だと思ったまま大人になったらどうなっていただろうか。そして、大人になってから自分が特別ではない、と気づいたら――そう考えると、そうはならなくてよかったと思う。

私はやらかしてしまった。自分が特別だと思い込んだまま好き勝手していた。早めに自分が特別じゃないと知らされてよかったのかもしれない。

私はまず、屋敷内でのお手伝いをすることから始めている。

ニーナエフ様からまずは出来ることから始めるべきだと言われたので、その言葉に従って、屋敷の中でのお手伝いをしながら常識について学んでいる。

私は常識を知らないということを学ぶ中で知っていった。普通や当たり前のことを私は知らない。だからこそ学んで、もっと人のためになれるように動きたい。私が出来る精一杯《せいいっぱい》のことを、今まで我儘していた分、誰かに返せるように。

「アリス、頑張《がんば》ってるみたいね。よかったわ。屋敷に馴染《なじ》んでくれて」

ニーナエフ様は、そう言って私ににこやかに笑ってくれた。自分のことをニーナエフ様に認めてもらえることが嬉《うれ》しかった。

……私は自分が神子だと思い込んでいた時、ニーナエフ様に酷い態度をしてしまった。ニーナエフ様は、私のせいで辺境の地に追いやられたというのに。それでもこの場で仲間を作って、私のことを受け入れてくれて。私のせいで大変な目に遭《あ》っていたのに、私に笑いかけてくれている。

私よりも、ずっとずっと凄《すご》い人だと思う。私も、こんな女性になりたい。恥《は》ずかしいから本人には言えないけれど、私はこの地に来て新しい生活をしながらそんなことを思っている。

屋敷の窓から空を見上げる。

この空の下で、妹も――レルンダも生きているだろうか。生きていてくれたらいいとそう私は願っている。

4　少女と、翼を持つ者たち

フィトちゃんと少しだけ距離《きょり》を縮められて、友達になれた。そのことでぽかぽかした気持ちになった。

フィトちゃんのことはまだ話し合いがされている。

お友達になれたことを報告したらランさんは「よかったですわ」とにこにこしていた。

フィトちゃんと友達になった二日後、イルームさんとシェハンさんの元へと向かった。この二人も、下手に自由にさせると何かやらかすかもしれないという危険があるのでほとんど同じ部屋で過ごしてもらっている。

イルームさんは私の姿を定期的に拝みたい、とだけ言っているらしく、時々イルームさんたちの元へと向かう。

「レルンダ様！　私の元にお越《こ》しくださりありがとうございます。今日もレルンダ様の元気な姿を見ることが出来て私は心からの幸福を感じております。レルンダ様、どうかその声をお聞かせください」

私の姿を見たからといって何かが起こるわけではない。そして特別視されるとなんとも言えない気持ちになる。そういう風に接されるのはちょっと嫌《いや》だなと思っている。

でも私がそう言ったところで、イルームさんにとって私は〝神子様《みこ》〟でしかないというのも受け入れている。

私の大好きな獣人《じゅうじん》の皆《みんな》や、あとから仲間になったエルフたちはそれぞれグリフォンや精霊《せいれい》という信仰《しんこう》対象を持っている。

それもあって、私に普通《ふつう》の態度を取ってくれる。ただのレルンダとして接してくれている。ランさんも私のことを思いやってくれている。

だけど、こうして人が増えれば増えた分だけ、私のことを〝神子様〟として接して、イルームさんのように拝むような姿勢を取られることもあるのだ。

「レルンダ、何か悩《なや》んだ顔しているけど大丈夫《だいじょうぶ》？」

私がイルームさんのことで、悩んでいることを知ってカユに問いかけられた言葉に私は笑って答えた。

「大丈夫」

私には、皆がいるから大丈夫。

グリフォンたちやシーフォ、フレネは私の家族で、ガイアスやドングさんたち、エルフのシレーバさんたち、ランさんは私の仲間。皆がいてくれる。

それならば、私のことを特別視してくる人がいたって大丈夫。

どうあがいたって、私は神子であるという事実は変わらない。特別な力があって、その他とは違《ちが》う力を使ってでも皆を守っていこうと、そう決めたのだから。

私はイルームさんとシェハンさんに私の知らないことをたくさん聞いている。大神殿《だいしんでん》の神官という立場だからこそ分かること、シェハンさんのように冒険《ぼうけん》をしているからこそ分かること。それを教わっている。

人が増えて、色んな考えがこの村の中で飛《と》び交《か》っている。私の思う常識や当たり前が他の人にとっての常識や当たり前ではないことも理解出来る。

「アリスは神子であるレルンダ様の姉だとは思えないほどに我儘《わがまま》でした」

そして、イルームさんは神子として引き取られていった私の姉のことをとてもよく思っていないようだった。我儘三昧《ざんまい》だったとか、見た目は美しくてもあれは、と告げ、それと同時に私を褒《ほ》めたたえる。

それになんとも言えない気持ちになる。

私は正直、姉のことは好きでも嫌《きら》いでもない。

——どちらかというと無関心というのが正しいのかもしれない。私と姉の扱《あつか》いの違いは他人から見てみればとても差があった。

今の生活で感じる当たり前を、生まれ育った村にいた頃《ころ》は感じることが出来なかった。でもあの頃は姉が特別で、特別ではない私が姉と同じ扱いをされないのは当然であった。イルームさんは私のことを褒めたたえるけれど、それは私が神子であるからだ。

神子でなければ、私なんて褒めたたえはしないだろう。見た目を褒められても、姉の方が綺麗《きれい》なのになぁって正直な感想を抱《いだ》いてしまう。

でも考えてみると私が神子だからこそ、私は家族たちと契約《けいやく》を交わせて、ここまでたどり着けた。

神子であるということは多分、私の一部のようなもので、私と切《き》り離《はな》せないのだ。

「レルンダ様、貴方様《あなたさま》の望みを私は叶《かな》えたい。貴方様のために何かをしたいのです」

また、イルームさんはよくそんなことを言う。なんて危険な言葉だろうと思う。だって、本当にイルームさんは私が口にしたことを、全て肯定《こうてい》して何かを起こしてしまいそうだった。

例えば私が口にしたことが残酷《ざんこく》なものだったとしても、私がどれだけ間違ったことを口にしようとも。

イルームさんは私の前でずっと興奮状態で落ち着きがない。私のために何かをしたいという気持ちでいっぱいな感じがする。私はもっと落ち着いたイルームさんと話がしたいと思うのだけど……落ち着いている時が多分、本来のイルームさんだろうから。

シェハンさんの方が落ち着いている。シェハンさんはイルームさんと一緒《いっしょ》にいるけれども、私に対しては「レルンダ」と呼び捨てである。正直そっちの方が嬉《うれ》しいのだけど、イルームさんはそれに毎回何か言いたそうにしたりする。

もう少しイルームさんが興奮を抑《おさ》えて、冷静になってくれたらいいのに……と私は毎回思ってならない。

◆

「レルンダ、見て見て！　私結構色々出来るようになったのよ」

そう言って私の目の前で、蹴《け》りなどを見せてくれるのはカユである。その隣《となり》ではシノミも、「私も頑張《がんば》ったの」とおっとりした笑《え》みを浮《う》かべながら身体《からだ》を動かしている。

二人とも魔法《まほう》を使えないようだけど、その身体《しんたい》能力は凄《すさ》まじいと思う。獣人の皆は身体強化の魔法を使わなくても私よりもずっと体力があって、こうやって身体を動かすのが得意なのだ。

私は神子といって、人よりは特別な存在なのかもしれないけどそれでも二人のように身体を自由自在に動かすことは出来ないし、獣人の皆って凄《すご》いなとやっぱり思ってならない。

特別とか、特別じゃないとかそれって人が勝手に決めていることだ。獣人の皆は私よりも凄い身体能力を持ち合わせているし、エルフの皆は魔法能力に優《すぐ》れている。皆それぞれ得意な分野が違うだけで、人間の私も、獣人の皆も、エルフの皆もあんまり変わらないと思ってならない。

「凄い」

「レルンダやガイアスにだって負けないんだから！　二人ほど色々出来ないかもだけど、私も――、皆が安心出来る場所を作りたいもの。そのために、どんな邪魔《じゃま》が入っても大丈夫なぐらいに強くなりたい」

「うん、私も。だから争い事とか好きではないけど、この身体能力を使ってレルンダちゃんやガイアス君と一緒に頑張れるようにしたいんだ」

目標を叶えるために、カユもシノミも頑張っている。皆が目標に向かって頑張ろうとしてくれていることが嬉しい。そういうのを見ると、私も頑張ろうって思う。

自分たちが安心して暮らせる場所を作りたいという目標が皆の目標になって、皆で頑張っていけるのはいいことだと思う。

でも、私たちは仲間であり、他人でもある。

だからこそロマさんのようになる人が出てしまった。考えると胸が痛む。目標となる場所を作るためにも、もっと私は甘《あま》さを捨てなければならない。

私は、神子の力を理解して、その力を使ってでも目標を叶えたいと思ったのだから。

「レルンダ、どうしたの？」

「ちょっと、考え事していただけ」

「そう、あまり思い詰めないようにね？　何か悩みとかあったら私にどんどん相談していいからね。それか私に相談しにくいことだったらランさんに相談するとか……。一人で抱《かか》え込《こ》んだりしないようにしなさいね！」

「うん、ありがとう、カユ」

私はやはり、恵《めぐ》まれている。私が神子であるという事実を知っても私をただ一人の個人として見てくれる人が周りにいる。私のことをこんなに心配してくれる人がいる。一人で抱え込まなくていいよって笑いかけてくれる人がいる。

私はここでの生活が大切で、皆のことが本当に大好きだ。

「カユ、優《やさ》しくて、大好き」

「本当レルンダは素直《すなお》で可愛《かわい》いわね‼」

カユにぎゅっとされた。カユは私をぎゅってするのが相変わらず好きだ。シノミはいつもの私たちの様子を見て笑っている。

私はこういう当たり前の日常が大好きだ。二人のことが大好きで、心がぽかぽかしてくる。だから、こういう当たり前の日常を私は守りたくて、頑張ろうって思うんだ。

「でもレルンダ、もう少し大きくなったら男の人に好きとか言ったら駄目《だめ》だからね？」

「うん、勘違《かんちが》いされちゃう可能性あるから……。レルンダちゃん、気をつけないと」

「ん？　なんで？」

「やっぱり分かってないし……。まぁ、いいわ！　レルンダに悪い虫がつかないように私も全力を傾けるから！」

虫？　カユはなんの話をしているのだろうか。分かっていない私になんだか二人は仕方がないなぁとでもいう風に笑っていた。二人が言っていることが、もう少し大人になったら分かるのかな。

そんな風に考えてのんびりと過ごしていた中で、「ぐるぐるぐるぐ！　ぐるぐる！（レルンダ！　大変！）」と言ってカミハが上から降りてきた。

いきなり空の上から着陸してこちらに来たからちょっとびっくりした。カミハのこんなに慌《あわ》てた様子を見たのは初めてだった。

「カミハ、どうしたの？」

その尋常《じんじょう》ではない様子に私は驚《おどろ》いて問いかける。何か悪いことが起こってしまったのだろうか。そういう考えが頭をよぎるけれど、不思議と嫌な予感はしていなかった。

「ぐるぐるぐるぐる！（あの人間たちが襲《おそ》われてる！）」

「え？」

「ぐるぐるぐるるるるるる！（殺されたりとかはしてないけど、なんか襲ってる人たちがレルンダのことを捜《さが》しているみたいだ！）」

「え？」

「ぐるぐるるるっるるるる（翼《つばさ》が生えてて、今まで見たことのない人たちだ）」

「え？」

突然《とつぜん》、言われた言葉に私は固まった。

民族の人たちが襲われている？　襲っている人たちが私を捜している？　そして、翼が生えている？　どういうことなのか、さっぱり分からなかった。というより、理解が中々追いつかない。

呆然《ぼうぜん》とした私は、ひとまずドングさんのところへ駆《か》け込《こ》んだ。丁度、その場にはドングさん、ランさん、ニルシさんが揃《そろ》っていた。

「あの方たちが誰《だれ》かに襲われているのですか……」

「殺そうとはしておらず、翼を持っている」

「それでいて、レルンダを捜しているか……」

ランさんとドングさんとニルシさんが難しい顔をして、そんな会話を交わしている。三人が冷静な態度でよかった。私は慌てていて、頭が回っていない自覚がある。

だから三人まで慌ててしまったら何か間違った選択《せんたく》をしてしまったかもしれない。よかった、三人の冷静な様子を見ていると私も少しだけ落ち着いた。

「……あの人たちのところへ行かないと」

「待ちなさい、レルンダ。貴方をどうして捜しているのかも分からないのですよ。貴方が神子というのを把握《はあく》して狙《ねら》っているとしたら大変です。それに、翼を持つ種族など私は存在していることを知りませんでした。まだまだ私も勉強不足なのですね。世の中には様々な種族が存在するということを把握していたつもりでしたが……。本当に世界は広い」

ランさんは私の言葉に待ったをかけながら、その翼を持つ種族という者について言葉を紡《つむ》ぐ。ランさんは勉強熱心な人で、たくさんのことを知っている。そんなランさんも知らない人たち。

「……でも、ランさん。私ね、嫌な予感とか全然しないの。いつもなんとなくで感じる感覚が、私がそこに行くことは問題ないと言っているの」

嫌な予感が全くしない。——むしろ、そこに行くのに問題がない。そんな感覚になぜか陥《おちい》っている。民族の人たちが襲われているという状況《じょうきょう》なのに。

「そう、ですか。ならば、イルームさんの時と同じように覗《のぞ》いてみて、出ても大丈夫だと思ったら出てください。レルンダの予感が間違えることはないと思いますが、私は貴方に何かがあるのは不安ですわ」

「うん」

ランさんは私のことを心配してくれている。だからこそ、私の予感を信頼《しんらい》してくれていても一旦《いったん》様子見をするように言ってくれている。

「翼を持つ種族……そんな者が近くに住んでいるということも把握出来ていなかった。俺《おれ》たちはその存在に気づいてもいなかった。襲われたら一たまりもなかっただろう。それに空を飛べるというのはとても大きな力だ。その翼を持つ種族たちが、あの者たちを殺していないという事実はこちらと敵対する気がないということだと思う」

「そうですね。翼を持つということはグリフォンたちのように空を自由に駆け回る力を持っているということ。そんな彼《かれ》らならばあの者たちを殺そうと思えば殺すことなど簡単でしょう」

「それでも殺さないというのならば、何か考えがあってなのだろうな」

三人は冷静に頷《うなず》き合っている。

グリフォンやシーフォのように、空を自由に駆けることが出来る種族。確かにその力があれば、誰かの命を奪《うば》うことも簡単に出来るかもしれない。それは、脅威《きょうい》だと思った。とても大きな力を持っている人たち。その人たちが私たちのとても近くに存在する。でも――嫌な予感はやっぱりしない。

私はあの民族の元へ、皆と向かうことになった。

翼を持つ種族。どういう人たちなのだろう。どうして私に会いたいのだろうか。私をどうして知っているのだろうか。

空を自由に駆けることが出来るということは、上空から私たちのことを見ていたのだろうか。その人たちと、仲良くなれるだろうか。争いとかにならなければいいと願ってならない。

私はカミハの上に乗っている。

民族が住んでいる場所に近づくと、私は一旦皆から離《はな》れて身を潜《ひそ》めた。

「お前たち、どういう目的だ」

ドングさんの声が聞こえた。

視線をそちらの方にじっと向ける。

その視線の先に翼を持つ人たちがいた。見た目は、大体が人間である私たちとあまり変わらない。だけど、明確に違う部分がある。それは、背中から生えた大きな翼。鳥の翼が人の背中から生えているのはなんだか不思議な気持ちになる。あれは作り物でもなんでもなく、本当にあの人たちの背から生えている。

彼らの足元で民族の人たちが倒《たお》れているけれど、目立った傷は見られない。

翼を持つ人たちは十人近くいるだろうか。その手に武器は持っていない。本当に命を奪うために民族の人たちを襲っていたわけではないのだと思った。

その翼を持つ人たちはドングさんたち獣人を見て笑った。

「ああ、来たか」

笑ったその人はドングさんに視線を向ける。

足元にいる民族の人たちは「どうして来たんだ」とつぶやいている、どういうことなのだろう。

「俺たちは気になっているだけだ。そっちに人間の娘《むすめ》がいるだろう？　会わせてほしい」

「……どうして、彼らを襲った？」

「ああ、こいつら、俺たちにあの娘の場所を吐《は》かなかった。痛めつければ吐くかと思ったが、あの娘の情報を一切《いっさい》吐かなかった。よっぽど、あの娘が大切なのだな」

そう言った翼を持つ人の言葉に驚いた。民族の人たちが痛めつけられていたのは私の情報を吐かなかったからと理解出来たから。

私の情報を吐かなかった、そして私を守ろうとしてくれていた。その事実に驚いた。

「どうして、会いたいんだ？」

「以前見かけた時に、心がざわついたから。――放っておいてはいけないと、一度会うべきだと、直感が告げていたから」

翼を持つ人はそう言って、真《ま》っ直《す》ぐにドングさんたちを見ている。

「……それはどういう意味だ？　あの子に危害を加えるのは許さない」

「そんな気は一切ない。そもそもただの人間の娘なら俺たちにとっては興味がない。空を自由に飛ぶことも出来ない種族など、俺たちには気にする必要もない。ただ、あの娘を見た時に気になった。その心のざわめきが勘違いであったなら俺たちはお前たちには関わらない」

「――それが、勘違いではなかったのならば？」

「少なくとも危害は加えない。会ってみないとどうするのか俺たちにも分からないから、確かめたいんだ」

――この人たちは、自分たち以外に興味がないのだろう。それが見てとれる。翼を持ち、空を駆ける存在のことは気にするが、それ以外はどうでもいいと思っている。そんな人たちが私のことを気にしている。

放っておくべきではないと、そんな風に思ったってどういうことなのだろう？

私は正直、隠《かく》れてその様子を見ながらも自分がどのように動くべきなのか分からずにいた。翼を持つ人たちに対して興味は尽《つ》きないけれど、ここで何も考えずに飛び出して皆が大変なことになるのは避《さ》けたかった。

「……あの子のことだけを、そんなに気にしているのか」

「ああ。少なくとも俺は一目見て放っておくべきではないと、心がざわめいた。だから一度会ってみたいと思った。それだけだ」

真っ直ぐに、その人はドングさんを見つめてそう言う。正直、嘘《うそ》を言っているようには思えなかった。

「ぐるっ（私たちと一緒だ）」

カミハが小さな声で鳴いた。

「一緒？」

「ぐるぐるぐるぐるる（私たちも、レルンダを放っておけないと思った）」

「うん」

「ぐるぐるぐるるるる（だから一緒にいることにした。レルンダはとってもいい子だったし）」

「……そっか」

カミハの上に乗ったまま、カミハの言葉について思考する。

ランさんは、私がグリフォンたちやシーフォと契約を結んだきっかけは、私が神子だからかもしれないと言っていた。神子という存在は、万能《ばんのう》ではないけれど周りに影響《えいきょう》を与《あた》えるものなのだと。

私と皆が接したきっかけは、神子だったからかもしれない。でもその後家族になれたのは、私たちが共に過ごしてきた大事な時間があるからだ。

——出会いのきっかけとなるような影響が、あの翼を持つ人たちにも起こっているのだろうか。私に影響を与えている神様がどの神様なのか、それは正確には分からないけれども、こうしてグリフォンたちやシーフォ、そして翼を持つ人たちに影響を与えているっていうことは、私は空を自由に駆ける者たちへの影響が強かったりするのだろうか。

「お前たちは……本当にあの子に会いたいだけなのだな」

「ああ。そう言っているだろう」

「……その言葉が嘘のようには思えない。とはいえ、そのままあの子に会わせるわけにはいかない。拘束《こうそく》をさせてもらっても構わないか？」

ドングさんのその言葉に、彼らは一瞬《いっしゅん》だけ固まった。だけど、「構わない」とドングさんと話していた男の人がはっきりと言った。

その言葉に後ろにいた残りの九人の者たちが少しだけざわめいていたけれど、結局、拘束されることに同意した。あのドングさんと話していた男の人は、彼ら翼を持つ者たちの中でも発言力の強い人なのかもしれない。

そしてドングさんたちが彼らを拘束する間、彼らは抵抗《ていこう》をしなかった。手を縛《しば》られ、座《すわ》らされ、動けないようにされても彼らは無抵抗だ。

そして拘束すると同時に、彼らの足元で倒れている民族の人たちの介抱《かいほう》も行っていた。皆、怪我《けが》もほとんどないみたいでほっとする。

そこでようやく、ドングさんが私のことを呼んだ。呼ばれて私はカミハに乗ったまま、彼らの前へと姿を現す。

——翼を持つ者たちは、なぜか私のことを目に留めた瞬間《しゅんかん》、顔色を変えた。

中には、拘束されているにもかかわらず私のことをじっと見つめて、固まっている人もいる。そんな風に見つめられてちょっとびっくりする。

「やっぱり、気のせいではないな」

ドングさんと話していた男の人は、私のことをじっと見据《みす》えたまままそう言った。

私は男の人の次の言葉を待つ。

「……やはり、その少女を見ていると放っておいてはいけないという気分になる。遠くから見かけた時も思ったが、真正面から見ると余計にそういう気持ちになる」

男の人のつぶやきに、他の者たちも口々に言う。

「まさか、ビラーの言っていた通りの気持ちになるとは……」

「空を舞《ま》えない種族相手に……でも、確かにこれは……」

翼を持つ者たちは、驚いた顔をしたまま、口々に言った。

「それで、放っておけないとするとお前たちはどうする気なんだ？」

私は放っておけないとじっと見られてなんて言ったらいいか分からなかった。そうしている中でドングさんは彼らに向かって問いかける。

「……放っておくわけにはいかない。そんな風に思うから、その少女に関わらせてほしい」

ビラーと呼ばれた男の人は、拘束されたままなのに力強い瞳《ひとみ》をこちらに向けてただそれだけを告げた。

その言葉は、結果的に条件付きで私たちの村で受け入れられた。

ドングさんたちには、その言葉が本当なのか判断がつかなかったからだ。私の直感は彼らのことを信じても大丈夫だって言っているけれどその感覚はドングさんたちにはない。

だからこそ、彼らは条件付きで、私の傍《そば》にいることを認められた。ということで、あのドングさんたちと最も話していた男の人がひとまず村にやってくることになった。

その前に私たちだけ一度村に戻《もど》ってから、後日ビラーさんと待ち合わせをして村に連れて行くことになった。

村に戻って、エルフたちにも翼を持つ者たちの話をした。

「翼を持つ者がいるなど、私たちも知らなかった」

「この世界は不思議で溢《あふ》れているものね」

そしたら、そんな風に言われた。

同じ森の中に住んでいるとはいえ、この森は広大で、この地は未知のことで溢れている。エルフたちも会ったことのないような種族が世の中にはいて、不思議だと思う。

エルフたちは急に現れた翼を持つ者たちに驚いた顔をしていたが、自分たちに害をなさないようなら村にいてもらっても構わないと思っているようだ。

数日経過して、一番声をあげていた男性、ビラーさんを待ち合わせ場所に迎《むか》えに行った。ビラーさんはひとまず私の傍にいたいということなので、監視《かんし》をつけた状態で過ごしてもらっているが基本的に私についてきている。

このビラーさんに関しても、イルームさんのように私が言ったことを全て叶えようと暴走してしまうのではないかと懸念《けねん》はあった。けれど、この翼を持つ人たちはそこまで傾倒《けいとう》しているようには見えない。

私のことを気にしているのは本当だろうけれど、私を第一に考えているわけではない。

「ビラーさんは、なんで、私を気にする？」

「……分からない。ただ……、なんだか不思議な感覚になる。俺たちの神に祈《いの》っているようなそんな感覚に――」

恐《おそ》らく、私に影響を与えている神様が彼らに関係しているのだろう。だけどその事実は口にはしていない。

この場にはもちろん、ランさんやシノルンさん、シレーバさんもいる。あとレイマーたちも。誰一人私が神子であるという事実は言わない。

いつか、翼を持つ人たちと本当の意味で仲間になれたら告げるかもしれないけど、今言うのは不用心過ぎるから。

そういえば翼を持つ人たちは、私が村を見つからないようにしたいと思っているからか上から見てもこの村の場所が中々見つからないらしい。招かれないと来られない村になりかけているのかもしれないってランさんが言っていた。

翼を持つ人たちの神様が私に影響を与えている神様ならば一度、その神様を祀《まつ》っている場所に行ってみたい。

行っても大丈夫だと確信しなければ行けないだろうけど、翼を持つ人たちの住んでいる場所にも興味を惹《ひ》かれている。

ビラーさんは本当に私の傍にいようとしているだけで、それ以外は特に興味がなさそうだった。そもそも翼を持つ人たちは、飛べない存在を下に見ているという面があるようだ。ビラーさん本人も言っていた。

空を飛んでいる存在こそが至高と考えていて、だからこそ地上に生きる者たちに関してほとんど興味がないと。私という存在を見かけなければ関わりもしなかったと言っていた。

そういうどちらが上か、どちらが下か、という考え方ってあんまりよく分からない。皆で一緒に仲良く出来れば一番いいって私は思うから。だけれども、世の中には色々な存在がいるのだから、翼を持つ人たちのような考え方の人たちもいるのだろうと受け入れることにした。

「そうなんだ……」

ビラーさんも、私たちが全てを話していないことは分かっているだろう。でも、必要以上にビラーさんが問いかけてくることはない。

ビラーさんの方を見ながら、民族のことも考える。民族の人たちはしっかり手当てをされて、皆少しずつ元気になっている。私の名前も、何もかも翼を持つ人たちに話すことをしなかったのは、それだけ私たちの村と敵対したくないという気持ちの表れだったとドングさんが言っていた。

――いざこざはあったけれど、でも、私はそういう気持ちがあるのならば彼らとも仲間になれるのではないかと思っている。

もちろん、全ての人たちと仲良く過ごすのは難しいというのは分かるけれど、でもあの民族の人たちとも協力関係をもっと築くことが出来ればと思っているのだ。そのあたりも、ドングさんたちと話し合わなければならない。

私の住んでいるこの村は、今様々な人たちがいる。

私やランさん、イルームさんたちといった人間。その中でイルームさんは私のことを崇《あが》めている。

同じ人間でもフィトちゃんたち民族の人たちは独特の考え方を持っている。

ガイアスやドングさん、ニルシさんたちのような獣人。皆はグリフォンを信仰している。

シレーバさんたちのようなエルフは、フレネたち精霊のことを神としている。

――それに加えて、今回出会った翼を持つ人たち。彼らが何を信仰しているのか、何を神としているのか、それは詳《くわ》しく聞けていない。だけど恐らく空を駆けるかそれに関わる存在だろう。

関わる人が少しずつ増えていく。それに伴《ともな》い、たくさんの考え方を私は知っていく。その中で、どのように動くべきか改めて考えて、選んでいかなければならない。

ひとまず、翼を持つ者たちとは適度に交流をすることになった。というのも彼らは無理やり私に関わろうとしてくることが目に見えて分かったからだ。

そしてフィトちゃんと、あの民族の人たちを会わせることは出来ていない。ドングさんたちが様子を見てから手配すると言っていた。あの民族の人たちは私の情報を話さなかった。あの人たちは、私たちの村と仲良くしたいと思っている。

――私はそのことを実感して、彼らのことも改めて大切にしたいと思った。

だからだろうか、民族が住んでいる場所でも作物が育ちやすくなったらしい。そして、魔物《まもの》に襲われることもなくなったのだと。

そのことをランさんから報告された時、私は驚いた。

「……そうなんだ」

「ええ。やはり、神子の力というものは不思議で面白《おもしろ》いわ」

ランさんは興味津々《きょうみしんしん》といった様子だ。

学ぶことが大好きなランさんはこんな風に新たな発見があったりすると、それはもう嬉しそうに笑う。

「なんで、そうなったの？」

「恐らく、レルンダの認識《にんしき》ですね。レルンダが彼らのことを仲間だと認めたからでしょう。認識一つで影響を与えるとは、やはり神子の力は凄まじいですね」

ランさんはそう言って続ける。

「フェアリートロフ王国においては王国全体に神子の影響が与えられていました。それはレルンダの村がフェアリートロフ王国に所属しているという認識があったからでしょう。レルンダが所属している、もしくは仲間だと認識している範囲《はんい》に影響を与えるというものでしょうか。本当に神子というものは驚くべき存在ですわ。それにレルンダのことをあの翼を持つ人たちは気にしていました。レルンダは空や風などといったものと関係する存在との相性《あいしょう》がとても強いのでしょう。そう考えるとレルンダはいずれ今よりもずっと空を駆け回れるようになるのかもしれません」

私は少しずつ浮いたり、空を移動したり出来るようになっている。でも翼を持つ人たちみたいに空を自由に駆けることは出来ない。

でも、いつか、自由に飛べるようになるのだろうか。そうなれたら嬉しい。

空を飛べるようになったら、もっと翼を持つ者たちと仲良くなれると思うから。もっと自由に空を駆けられるようになりたいな。

「神子の力はどの範囲にまで影響力を与えられるのか……。それに『神子の騎士《きし》』の力についてもまだまだ解明しなければならないことがたくさんあります。『神子の騎士』は数が限られているはずですが、あとの『神子の騎士』がどうなるか……ブッブッ」

ランさんは、なんだか考え込んでしまっていた。本当にランさんは、色々なことを知るのが好きなのだなと思ってならない。

ランさんがブツブツと何かを言いながらメモを取っている。

紙の制作はランさんの元で進められていて、大分上手《うま》くいっているらしい。ランさんは私のことをまとめたものを書きためていて、それを本にしているそうだ。あとは子どもへの教育のための教科書もおばば様と一緒に作っていると聞いた。

とはいえ、この村には子どもは少ない。

私と同年代の獣人の子どもたちより下の子どもはこの三年で生まれていない。元々獣人というのは人間よりも子どもが出来にくい。ただ繁殖《はんしょく》期と呼ばれる時期は子どもが出来やすいらしい。丁度私と同年代の子が多いのはその時期に繁殖期だったからっていう話だった。エルフたちに関しては、獣人たちよりもさらに子どもが出来にくい。

だけど、これから命が生まれてくるだろうから、そういう子どもたちに何かを教えられるようにランさんもおばば様も一生懸命《いっしょうけんめい》だ。

「ねぇ、ランさん」

ブツブツ言い続けているランさんに声をかける。

「はっ、すみません。考え込んでしまって。なんですか、レルンダ」

「その影響の範囲って私の思考次第《しだい》ってこと？」

「ええ、恐らく。それも無意識の思考が影響していると思われます。貴方がいくら取《と》り繕《つくろ》ったとしてもその心が本心から思わなければ影響は与えられないでしょう」

「……それは、怖《こわ》いね」

無意識の思考が何かに影響を与える。それがよい影響だったらいいのかもしれないけれども、悪い影響だったらと思うと恐ろしくなる。

影響を与えているという事実には、怖さの方が勝《まさ》る。

「そうですね……。とても強い力というのは恐ろしいものですわ。でも、恐れなくていいの。貴方は貴方のままでいいの。きちんとその力と向き合って、ちゃんとやっていけば恐れることはないわ」

「……うん」

――ランさんの言葉は力強くて、とても安心する。私は頷きながら、きちんと向き合って頑張ろうと改めて思った。

幕間　王子と、悩み

フェアリートロフ王国の内乱は終息した。とはいえ、まだ国内はごたごたしているようだが、新しい王はこの俺《おれ》、ヒックド・ミッガの父が治めるミッガ王国に対して侵略《しんりゃく》をする気はないようだ。そもそも、そんな余裕《よゆう》がフェアリートロフ王国にはないだろう。

俺は……、父上からの令状に背《そむ》く行為《こうい》をしている。騒《さわ》いでいる奴隷《どれい》たちを殺せという命令を遂行《すいこう》していない。むしろ、殺したふりをして彼《かれ》らを匿《かくま》っている。今のところ、父上には恐《おそ》らく知られていないだろう。知られていれば俺はとっくに殺されている。だが……もしかしたら知っていて泳がされている可能性もある。そう思うと正直恐ろしい。

俺にとって父上は絶対であり、最も恐ろしい存在だ。

ニーナに出会わなければ父上に逆らおうなんて思わなかっただろう。だけど、俺は今、自分の意思で父上に逆らっている。種族が違《ちが》うからと、人間と差別すること、無理やり奴隷に落とすこと。その行為を嫌《いや》だと思っていた自分の心に従って行動してしまっている。

——一度だけ遭遇《そうぐう》したあの少女が本当の神子《みこ》であるというのは確信している。ニーナから、その件に関して報《しら》せを受けたからだ。本物の神子は、神子とされていた少女の双子《ふたご》の妹だと。そしてその名前がレルンダというのも。

獣人《じゅうじん》の少年を配下の者たちが殺そうとした時に、その名前を出していたと報告を受けているから間違いないだろう。

そして、神子であるのならば恐らくあの少女は……生きている。人の手の入っていない森の中で、いや、もしかしたらその先の国で、生きているだろう。神子が死ぬとは思えない。

だからこそ、匿っている獣人たちを神子のいる場所へ連れて行けないかと考えている。神子だと思われる少女が獣人たちと共にいたからだ。彼女《かのじょ》は獣人の少年を守ろうとしていたので、恐らく獣人たちとよい関係が築けていると予想出来る。それならば、彼女に獣人を預けるのが一番安全な気がするのだ。

――そんなことをしてもミッガ王国自体の体制は変わらないかもしれない。それでも俺は、自分の心に従って、何かをしたいと、変えたいと思ったから。ニーナのおかげで自分も変えられたから――、信頼《しんらい》の出来る配下の者の一部に獣人たちを届けさせたいと思った。

もっとも……魔物《まもの》がいる森で本当に神子の元へ獣人たちを連れて行けるかも分からないけれども。その連れて行く最中に誰《だれ》かが命を落としてしまう可能性もあるかもしれないけれど。それでも……その選択肢《せんたくし》を獣人たちに与《あた》えた。

獣人たちは俺が謝罪をし、本心を告げた時、信じられないといった顔をした。俺は散々、奴隷に落とすための行動をしてきた人間だから。俺に殴《なぐ》りかかってきた者だっていた。でも、何度も何度も告げて、ようやく納得《なっとく》してもらえた。

彼らは、俺の提案に、神子の元へ行きたいと言った。この国にいるよりは安全だと。――でも、全員では行かないと。捕《と》らえられている仲間を助けたいんだと言う。……そのためひとまず、一部の者たちを神子の元へ送り出す準備を整えている。


そうやって行動していた俺は不思議な猫《ねこ》の獣人の存在を知った。

とある伯爵《はくしゃく》家の令嬢《れいじょう》に飼われている見目麗《みめうるわ》しい猫の獣人がいるという。

その伯爵令嬢にとても気に入られ、獣人たちの味方ではなくその令嬢の味方をしているらしい。

――自分のために仲間を切り捨て、人に媚《こび》を売ると噂《うわさ》されているその猫の獣人に違和感《いわかん》を抱《いだ》いた。

令嬢の命令で獣人に酷《ひど》い扱《あつか》いをし、自分の身の安全のために、普段《ふだん》では触《さわ》らせないという耳や尻尾《しっぽ》を触らせているという。そして自身のよい待遇《たいぐう》を見せびらかすために獣人を屋敷《やしき》に集めているそうだ。

それでいて王国内での行動範囲《はんい》を少しずつ広げ、伯爵令嬢周辺の貴族たちからいい駒《こま》だと思われているらしい。

何か、おかしくないか？　と思った。

集められている獣人たちは誰一人、殺されていないらしい。

その猫の獣人は俺が接触《せっしょく》している獣人たちに「裏切り者《うらぎりもの》」だと言われているけれども、それにしては違和感がある。

少し気になり、情報を集めていけばますますその猫の獣人のことが気になった。

もしかしたら、その猫の獣人は奴隷に落ちている者たちのために動いているのではないかと、思いついた。

ならば、接触してみたい。

ただ……もし、接触してみて俺がやっていることに気づかれた場合、俺の思いつきが間違いだったら俺は殺されるか、捕らえられてしまうだろう。

猫の獣人が自身のことしか考えていないのならば、俺はその時点で詰《つ》む。密告されて終わりだ。

だからこそ、接触するかどうかを俺はしばらく悩んだ。

5　少女と、別れ

その日、目を覚ました時、少しだけ不思議な感覚だった。

なんだか今まで感じたことがないような不思議な感覚。――いつもなんとなく、いいことが起こるとか、悪いことが起こるとかそういうことを感じ取れる。でも、それとも違《ちが》う。

分からないけれど、顔を洗ってからランさんを起こしに向かう。ランさんの部屋の扉《とびら》を開ければ、机に伏《ふ》せるように寝《ね》ているランさんがいた。ベッドもあるのに、何かをまとめていてそのまま寝てしまったのだろう。

「ランさん……、朝だよ」

「うんん……」

ランさんは中々起きない。

いつまで起きていたのだろうか。私は昨夜すぐに寝てしまったから分からない。でもこれだけぐっすり眠《ねむ》っているということは夜遅《おそ》かったのかもしれない。

「ランさん……」

「ん……朝、ですか？」

顔を上げたランさんは寝ぼけたように声を発する。

「うん、朝だよ、ランさん。おはよう」

「ああ……おはようございます。レルンダ」

それからランさんは顔を洗いに行った。その間に、広場から食事をもらってくることにした。広場でそのまま食べることもあるけれど、今日は家でランさんと二人で食べることにしたのだ。

ランさんの分まで一緒《いっしょ》にもらう。グリフォンたちやシーフォはそれぞれ自分たちが狩《か》ったものを食べているのを見かけた。

顔を洗ってきたランさんと向き合って、食事をする。今日の朝食は山菜を多く使ったものである。おいしい。

私とランさんもあまり口をきかずに、黙々《もくもく》と食べる。この時間が結構私は好きだ。

食事を終えて、会話を交《か》わす。

「ランさん、ビラーさんたち今日も来るかな」

「恐《おそ》らく来るでしょう」

ビラーさんたちは、毎日のように私の元へやってくる。

ビラーさんたちは私たちが受け入れることを認めてからはこの村の場所をなんとなく分かるようになったそうだ。とはいえ、大人数は来られないらしい。それも神子《みこ》としての力が影響《えいきょう》しているようだけど、正直どういうものであるか、分からない。その不思議なさじ加減とか、どういう基準なのかとか……不思議なことだらけだ。

ビラーさんたちは私のことを、特別に感じているというのは分かる。私は翼《つばさ》を持つ人たちのことがとても不思議で、翼をよく見てしまう。流石《さすが》に、翼を触《さわ》ることは叶《かな》ってないけれど……仲良くなれたら触らせてもらえたりするのだろうか。

イルームさんに続き、翼を持つ者たちと……どんどん私を目指して人がやってきている。実感はなくても、やっぱり私はそういう存在なのだ。

とはいえ、そういう自覚をしたとしてもどのように動いたらいいのかは分からない。ランさんは私のそんな悩《なや》みを見破っていたのだろう。

ランさんが優《やさ》しく語り始める。

「あの方たちはレルンダのことを特別にしています。よく考えたらあの方たちは私と同じですね。私もレルンダの傍《そば》にいたいと思ったから、国を飛び出した。そして今、レルンダの傍にいる。そしてあの方たちはレルンダのことを気にして、空からやってきた。……でも、あの神官ほど、露骨《ろこつ》ではない。イルームさんはレルンダを崇拝《すうはい》して、レルンダの言うことは全て聞いてしまいそうな危《あや》うさはあるけれど、あの人たちはそんな危うさがない。とはいえ……、あの翼を持つ人たちは空を飛ぶ力を持っていますから完全に警戒心《けいかいしん》をなくすことは難しいですけれど。でも……、レルンダは彼《かれ》らに悪い予感はしないのでしょう？　なら、恐らくあの者たちは大丈夫《だいじょうぶ》でしょう」

「うん」

イルームさんは、相変わらず私に驚《おどろ》くほどの態度を示している。……もう少し私がイルームさんが暴走しないように上手《うま》く出来たらいいのかもしれないけれど、難しい。

あとフィトちゃんは神と交信が出来ないという事実も分かったけれど、フィトちゃんとイルームさんを会わせたらどうなるか現状分からない。

どのようなタイミングで会わせたり出来るだろうか。今のところ、保留になっている。

「イルームさんは……もう少し落ち着いてくれないかな」

「どうでしょうね。時間が解決してくれればいいのですが。もう少しだけでも落ち着いてくれればと思います」

「うん……」

ランさんとそんな会話を交わして、家の外に出た。

「レルンダ、おめでとう」

「おめでとう！」

外に出ると同時に、そんな言葉を皆《みんな》がかけてくれた。

私の十歳《さい》の誕生日が訪《おとず》れた。

この一年でたくさんのことがあった。

村を作った。あの民族の人たちと出会った。そして、イルームさんたち、翼を持つ者たちにも出会った。

お祝いには、フィトちゃんは遠慮《えんりょ》してもらっている。またイルームさんやシェハンさんたちも、お祝いの場にはいない。そのことが少し寂《さび》しく思う。

イルームさんたちに会いに行くと、

「レルンダ様の生まれた神聖なる日をお祝い出来るとは、なんと素晴《すば》らしいことでしょうか。レルンダ様が――」

イルームさんが長々と私のことをお祝いしてくれた。シェハンさんはその様子に呆《あき》れた表情を浮《う》かべながらも、イルームさんのことを大切そうに見ていた。

民族の人たちの元へは直接は顔を出さなかった。だけど、人づてに誕生日のお祝いの話を聞いたのか私を含《ふく》む近い誕生日の人たちへお祝いの言葉をくれたらしい。

フィトちゃんにも会いに行くと、「おめでとう」と言ってくれた。

私も十歳。二けたになった。

正直不思議な気分になる。私は七歳の時に親から捨てられた。生まれ育った村を出ることになった。そして、その約三年後の今、私はこうして色々な種族と一緒に村を作っている。まだこれからどうなるか分からないけれどまた一年、二年と経《た》っていけばもっと私の周りは移り変わっているのだろうか。

今傍にいる人がいなくなっているかもしれない、そしてさらに違う人が私の傍にいるのかもしれない。誰《だれ》かを失ってしまうことも、あるのかもしれない。それを考えるとこれからのことに対する不安も大きくなる。でも、だけど――これからも私の未来は続いていく。

「レルンダ、おめでとう」

おばば様が優しい笑《え》みを浮かべて、笑いかけてくれる。おばば様がくれたのは、おばば様が作ったという靴《くつ》である。私にぴったりのものをおばば様が作ってくれたと思うと嬉《うれ》しかった。

「おばば様、ありがとう！」

私が笑えば、おばば様は私の頭を撫《な》でてくれた。おばば様に頭を撫でてもらえると幸せな気持ちになる。

「レルンダ、おめでとう」

「レルンダちゃん、おめでとう」

カユ、シノミ、イルケサイ、ルチェノ、リリド、ダンドンガも、皆お祝いしてくれた。ガイアスだってもちろん、お祝いしてくれた。今年も去年と同じでガイアスのお誕生日も今日一緒にお祝いしている。

「前の誕生日から色々あったわね、レルンダ」

「うん」

カユの言葉に頷《うなず》きながら、本当に色々あったと思ってならない。去年のお祝いは道中で行った。今はこうして村が出来て、この一年でこの場所は少しずつ整ってきている。私たちの住みやすい場所になってきている。

だけど、全てが上手くいっているわけではないし、問題点や考えなければならないことはたくさんある。

「私も……もう十歳。びっくり」

「レルンダも十歳か、でもまだ小さいな」

「それ、イルケサイも大きくなったからそう思うだけ」

私も少しずつ大きくなっている。身長が伸《の》びてきているのは確かなんだけど、でも私だけじゃなくて他の皆も大きくなってきているから私の身長が伸びても大きくなったように周りは感じないみたい。私、大きくなっているのに。

「ガイアスが一番、大きいね」

私は身長の話をしていたからというのもあってガイアスの方を見る。子どもたちの中ではだけど、一番大きい。

「確かに、俺《おれ》も身長伸びたな」

「うん、大きい。もっと大きくなりそう」

ガイアスはもっと大きくなりそうだと思う。アトスさんも身長が大きかったからガイアスも同じぐらい大きくなるのだろうか。ガイアスがそのくらい大きくなった頃《ころ》に私はガイアスの隣《となり》にいられるといいなぁと思う。ううん、ガイアスだけではなくて、他の皆ともずっと、ずっと一緒にいられたらいいなって思う。ただ皆と笑い合える時間が本当にかけがえのないものなんだと、こうしてお祝いしてもらって、皆で会話をしていて思ってならない。

「レルンダももっと大きくなるだろ」

「そうかな……」

記憶《きおく》の中にあるお母さんもお父さんもそこまで身長が高くなかったから、私はそんなに大きくならない気もする。大きいのと小さいのどっちがいいんだろうか。あまり気にしたことがなかったけど、将来の自分がどうなるのだろうかって未来に対して思いを馳《は》せた。

皆で楽しくお祝いをし、私はランさんやカユたちと一緒に話していた。すると、ガイアスが慌《あわ》てた様子でこちらにやってきた。

「レルンダ！　ランさん！」

「どうしたの、ガイアス」

ガイアスが慌てた声をあげている。そんなに焦《あせ》っている声を聞いたのは久しぶりだった。

私はガイアスが続けて発した言葉に、頭が真っ白になってしまった。

「おばばが倒《たお》れたんだ‼」

――おばば様が倒れた？

私はその言葉の意味をすぐには理解することが出来なかった。

おばば様の元へ私は向かった。さっき私におめでとうって言ってくれていたのに。元気そうだったのにと信じられない思いでいっぱいだ。

倒れたおばば様は家へと運ばれたらしい。それを聞いて慌ててそちらに向かった。

おばば様は息子《むすこ》であるオーシャシオさんと一緒に住んでいる。皆もおばば様の異変に気づいていなかったらしい。私と一緒に皆がおばば様の家に集まる。それは、おばば様がこの場所で慕《した》われていたという証《あかし》であると言える。

「おばば様……」

私は家の中へと入って、ベッドに横たわるおばば様を見た。おばば様のすぐ横にはゼシヒさんとシレーバさんがいる。二人とも暗い顔をしている。

おばば様の顔色は悪い。つい先ほどまで元気そうにしていたのに、どうしてという思いが湧《わ》いてくる。

「レルンダも、来てくれたのかい……」

「うん……。おばば様、どこか痛い？　なら私、神聖魔法《まほう》使う！　薬が必要だっていうのならば私とゼシヒさんでおばば様が元気になるような薬作るよ！」

どうして、暗い顔をしているの。嫌《いや》な予感がする。でも、その気持ちを振《ふ》り払《はら》いたくて私は言葉を言い放つ。

「ねえ、おばば様、だから――」

「いいんだよ、レルンダ」

おばば様は力のない声で、言った。

「……レルンダ、私が倒れてしまったのはそういうものではないんだよ」

諦《あきら》めたような言葉だったけれど、その声に悲しみは感じない。

「それって……どう、いう」

「レルンダ、私は……恐らく寿命《じゅみょう》だ」

「寿命……?」

「そう、生物の生は限られているだろう。……私は獣人《じゅうじん》としては長く生きていたんだよ」

おばば様は優しい顔をしたまま言った。

寿命……生まれ育った村で私と姉のことを唯一《ゆいいつ》両親に注意してくれていたおじいさんも寿命で亡《な》くなった。生きている者は、いつか死ぬ。そんな当たり前のことを頭では分かってた。

——だけど、実際に現実を目《ま》の当《あ》たりにすると衝撃《しょうげき》的だった。私にとってそれは知っている当たり前の現実だったけれど、心では理解出来ていないことだったから。

寿命が来ている。寿命が終われば、死んでしまう。

「……おばば様、死んじゃう、の?」

口にしながら今すぐにでも泣いてしまいそうなぐらい、私の心は揺《ゆ》さぶられていた。

ゼシヒさんを見る。悪いところを治せる薬など出来ないのかと。でも、ゼシヒさんは悲しそうな顔をして首を振る。

「レルンダ……人は死ぬものだよ。いつか、死んでしまう。私は……充分《じゅうぶん》に寿命を全うしたんだ。私は人生に満足している。だから――そんな風に泣きそうな顔をしなくていいんだよ」

人は死ぬものだと、おばば様は笑う。おばば様は悲しそうな顔なんて一切《いっさい》していない。満足したような顔をして、笑っている。

「でも……私なら――」

「いいや、レルンダ。神子であろうとも……寿命をどうにかすることは、人の死をどうにかすることは出来ないよ」

ベッドの上で起き上がることも出来ないままのおばば様。まだ言葉ははっきりしている。だけど――寿命が来ているということはもうそんなに長くないだろう。

神子。

神子という存在は特別で――だけど、絶対的ではない。

どうして私の力は、そういうことをどうにかすることが出来ないのだろう。アトスさんの時だって、ランさんは私がいなければもっと被害《ひがい》が大きくなったって言ってたけど、でもやっぱり誰かがいなくなるとか、私は嫌だと思う。

それでも――嫌だと思ったところで、どうにもならないことが確かにあって。その内の一つが、寿命だ。

「せっかくのレルンダの誕生日という楽しい時間なのに、ごめんね。私の身体《からだ》がレルンダの誕生日が終わるまでもってくれたらよかったんだけど」

「そんなこと、気にしないで！」

私はこんな時まで優しいことを言うおばば様に泣き出しそうになる。私の誕生日のことなんて気にしなくていいのに。

「私は満足しているんだ。こうして皆で、安住の地を見つけて、穏《おだ》やかに過ごすことが出来て。皆が私のことを、心配して集まってくれて。それだけでも嬉しいんだ」

私はおばば様の、自分の死を受け入れてしまっている気持ちが分からない。……私がおばあちゃんになる頃にはその気持ちが分かるだろうか。

私の心は、悲しい、悲しいってそればかり思っている。

「幸い、私はすぐに死ぬことはないだろう。だから……それまでの間は楽しく過ごしたい。死ぬまでの間、皆と楽しく過ごしたいんだ」

「……うん」

私はとても悲しいけれど……でもおばば様の望みは最期《さいご》を楽しく過ごすことだから。

ならば――悲しい顔はやめよう。

おばば様がいなくなってしまうことは、悲しくて、心が痛くて、泣きたくなる。でも、私はおばば様が大好きだから。だからこそ、おばば様のお願いを叶えたい。

「おばば様が……楽しく過ごせるように皆で、考える」

私がそう告げれば、おばば様は優しい笑みを浮かべた。

人は、死ぬと空へと帰るんだって。

そんな風に言われている。死んだ人がどこに向かうのか実際には分からないけれど――おばば様が安心して旅立てるように私はしたい。

おばば様のことが大好きだからこそ、おばば様に楽しく過ごしてほしい。

そう思い、おばば様が眠ったあと、皆で話し合いをした。

「おばば様に、ご飯作ろう」

「ええ、作りましょう」

具合が悪いおばば様もおいしく食べられるものを作ることになった。

私と、カユとシノミで準備をしている。

シーフォに火を熾《おこ》してもらって、そこで食べやすいようなスープを作っている。

ランさんも一緒に作ると最初は言っていたのだけど、ランさんは料理が苦手だから別の方面でおばば様のために頑張《がんば》ることにしたみたい。

カユもシノミも、おばば様がいなくなるかもしれないという言葉は口にしない。多分、口にしてしまったら悲しくて泣いてしまうからだと思う。私も、そのことを口にはしない。ただ、おばば様が楽しく過ごせるようにしたいと思っているのだ。

それもあってビラーさんたち、翼を持つ者たちにはしばらくこちらに来ないように頼《たの》んだ。私たちだけでお別れをしたいと思った気持ちが反映されているのか、それ以来、ビラーさんたちは来ようとしても私たちの村を見つけられなくなっているらしい。神子の力って……本当に不思議だと思う。

三人で倒れたおばば様が食べやすいスープを作ったあと、おばば様の元へと持っていった。

「ありがとうね」

おばば様は嬉しそうに笑ってくれた。

倒れてしまったおばば様は、それからずっとベッドの上にいる。立って歩くことが出来ないわけではないみたいだけど、身体が辛《つら》いようだった。そういう姿を見ると、ああ、おばば様がいなくなってしまうのだと実感して、悲しくなる。だけど、その気持ちは表に出さないようにしている。

色々なことを教えてくれていたおばば様。

優しい笑みを零《こぼ》してくれるおばば様。

いつだって穏やかに私たちを見守ってくれていたおばば様。

おばば様と過ごした優しい日々を思い起こすと、おばば様が大好きだと改めて思えてならなかった。

おばば様の元へ、私は何度も何度も顔を出した。おばば様の周りにはいつも誰かがいて、皆がおばば様のことを心配しているのだ。

おばば様は、時間が経過するにつれて少しずつ元気をなくしていった。

だけど、それでもおばば様は私たちが顔を出すと、嬉しいと笑みを零してくれる。

私の大好きな、優しい笑み。

「おばば様……私、おばば様が大好き」

「ありがとう、レルンダ。私も……レルンダのことを大好きさ」

「うん……」

おばば様のことを大好きだと告げる機会も、もうないかもしれない。そう思うと、もっとおばば様に大好きだと告げたいと思った。人はいつか死んでしまう……。だからこそ、自分の気持ちを伝えられる機会があるのならば伝えていかなければならないとおばば様を見ながら改めて思った。

私たち、生きている者はいつか死ぬ。

限られた時間の中を私たちは生きている。

おばば様の生は、終わろうとしている。

――私の生も、いつか終わりを告げる。

それを思うと、後悔《こうかい》しないように生きていきたいという気持ちが湧いてくる。

私は今の穏やかで幸せな生活がずっと続いてほしいと願うけど、永遠と続くものなど存在しない。

ならば、変化するにしてもいい風に変化出来るように行動し続けたいと思った。

おばば様の生が閉じようとしているように、誰かの生も寿命が来たら閉じてしまう。これから生きていく中で、別れがないというのはありえない。その事実を、おばば様の生と向き合いながらそう感じた。

「レルンダ、フィトのことだけどね。レルンダはフィトと仲良くしたいと思っているんだろう。だったらもっと仲良くするといい」

「うん」

「民族とフィトの関係は、もしかしたらあったかもしれない私たちとレルンダの関係だ。だけど、私たちは上手くいっているだろう？　だからきっと大丈夫さ。子どもは笑っている方がいい」

「うん」

おばば様は、私の悩みを聞いてくれた。私の話を聞いて、助言をくれた。

「イルームのことは難しいと思う。信仰《しんこう》している存在と信仰されている存在だと立場は違うから。だけど、レルンダもイルームも同じ人間だ。言葉の通じ合える者同士ならきっとどうにかなるはずだ。だからよく話すといい」

おばば様はイルームさんのことをそんな風に語った。

「ビラーたちのことは正直言ってまだ分からない。だけどレルンダの直感が敵ではないと告げているのならば、その直感を信じたらいい。そのレルンダの力というものは、レルンダを守るための力なんだ」

「私を守るための力……」

「そうだよ。神子の力、神に愛された者の力……なんのことはない、ただそれはレルンダを守るための力だ。レルンダが生きやすいように力を貸してくれていると思えばいい。レルンダはそういう力を持っているからこそ、これから大変かもしれない。でも気負う必要なんて何もないんだ。レルンダはちょっと神に愛されているだけなんだから。その力を自分が納得《なっとく》した形で使えればそれでいいんだよ」

おばば様の話す言葉は全部、私の心に深く沁《し》み込《こ》んだ。

——それから二週間後、おばば様は皆に囲まれながら、笑みを浮かべて旅立った。


おばば様が亡くなってから、おばば様が楽しく過ごせるようにと行動していた皆が涙《なみだ》を零した。おばば様がもういないと思うと、とても悲しかったから。おばば様の笑みをもう見られない。おばば様の声をもう聞けない。その事実が悲しかった。

でもきっと、おばば様は幸せに逝《い》った。

笑って、おばば様は旅立った。

その最期はとても穏やかな死だった。アトスさんの時のように、突然《とつぜん》の死ではなく、生き物の生が終えての、死。寿命で穏やかに死へと旅立つことは幸せなことだとランさんは言った。

――人が死ぬことは悲しいことだけど、穏やかに死を迎《むか》えられることは幸せなことだと思う。

私は死ぬと思うと怖《こわ》くて仕方がない。もっと生きたい、皆と過ごしていきたいと思ってならない。

けど、いつか、おばば様のように穏やかに死を迎える心境がもっと大人になったら分かるようになるだろうか。

おばば様。

私の大好きだったおばば様。

私たちは頑張るよ。おばば様が心配しないように、皆で力を合わせて頑張るよ。

――だから、おばば様、見守っていてね。

幕間　王女と、懸念／猫、出会う

私、ニーナエフ・フェアリーは与《あた》えられている屋敷《やしき》の中で、ふぅと息を吐《は》く。

――現在、フェアリートロフ王国は安定しているとは決して言えないけれど、いい方向に向かってきていると言える。しかしアリスが神子《みこ》ではない、という事実はフェアリートロフ王国内でいまだ波紋《はもん》を広げている問題だ。

アリスは、自分が神子ではないということを自覚した。そして、今までのことを反省した上で過ごしている。

とはいえ……神子だと偽《いつわ》った者を殺すべきであるという意見は多く出ている。それは、このフェアリートロフ王国から神子の加護と呼ばれるものが失われているからだ。

この国はつい数年前までこれといった災害も起こらず、豊かに成長していた。それが悪い方向に向かい始めたのはアリスの妹であるレルンダ様がこの国から去ったからだ。

レルンダ様がこの国にいた七年間で、私たちは神子の加護があることを当たり前に感じていた。だからこそ、現在、その加護が失われたことに王国民たちは憤《いきどお》り、王侯《おうこう》貴族に怒《いか》りをぶつけている。

そして――、神子ではないのに神子として過ごしていたアリスを処刑《しょけい》することによって神子の加護が戻《もど》るのではないかという危険思考を持つ者も出始めた。

「……アリスを外に出すのは危険だわ」

まだ、アリスは外の世界にはほとんど出ていない。理由をつけてアリスを外に出さないようにしている。

……屋敷の者たちはアリスと触《ふ》れて、アリスへの悪感情を少しずつなくしているが、外の者たちは簡単には納得《なっとく》しないだろう。

アリスは今まで自分が我儘《わがまま》を言っていた分、お願いを聞きたいと言っていた。だけど、お願いをなんでも聞くといって外に出たところで、悪いように利用されてしまう想像しか出来ない。

アリスは、とても美しい少女だ。

まだ十歳《さい》になったばかりだというのに、徐々《じょじょ》に美女へと成長していくのが分かる。それだけ美しい少女に変な輩《やから》が寄ってくるのは目に見えている。

アリスは確かに美しいが、特別視されていたからこそ今までそういう目に遭《あ》ってこなかったのかもしれない。だけど、普通《ふつう》の平民の少女があれだけの美しい見た目をしていれば、攫《さら》われたりしてもおかしくはなかった。恐《おそ》らく村にいた頃《ころ》は、妹のレルンダ様が傍《そば》にいたこともあって危険な目に遭わなかったのだろう。そして神子として引き取られてからは、大神殿《だいしんでん》で大事に保護されていた。

しかし今は、神子ではなかったアリスが外に出て無事でいられる保証はない。

アリスは美しく、それでいて神子を騙《かた》っていたとされている少女だ。――その二つを併《あわ》せ持《も》っているので、これから普通に生きることはきっと難しいだろう。そう考えると、どうするべきなのか悩《なや》む。これからもアリスは死を迎《むか》えない限り、この世界を生きていく。ならば、外に出して、あえて現実を見せるべきか。

それとも少しずつ生きていくための術《すべ》を身につけてもらうか。私はどんな風に動くべきなのか悩んでしまう。それに人の心というのは難しい。他の人がどのように動くのか、想像は出来ても実際には分からない。

今は前向きに頑張《がんば》ろうとしているアリスが、この先どう成長していくのかも分からない。

それに加えて、ヒックド様のこともどんな風に動いているのか現状、分からない。

私はヒックド様にきつい言い方をしてしまった。それ以降、こちらの国がばたばたしていたのもあってヒックド様とは手紙のやり取りのみだ。隣国《りんごく》であるミッガ王国では、奴隷《どれい》たちによる反乱が起こっている。互《たが》いの国内が現状、安定していない。

私に協力すると口にしていたが……その言葉を反故《ほご》にする可能性だってあるのだ。

私はどのように動くべきか、様々な考えが私の頭をぐるぐると回る。

まず、このフェアリートロフ王国を安定させることが第一だけれども、私に出来ることとはなんだろうか。

「……改めて、私がどう動くべきか考えなければ」

私はそうつぶやいて、空を見上げた。

そんな風にアリスのことやフェアリートロフ王国のことばかり考えていた私の元へ、婚約者《こんやくしゃ》であるヒックド・ミッガ様の元から使いがやってきた。

それは最近ミッガ王国で流行《はや》っている香水《こうすい》やお菓子《かし》などを私にプレゼントするためという名目で来ていた。ただ、それだけのためにヒックド様が信頼《しんらい》している部下をこうしてこちらにやるだろうかと最初から私は訝《いぶか》しんでいた。

最悪の場合の可能性はヒックド様が敵になること。手紙でのやり取りを見る限りそういう可能性は低いだろうけれども、実際対面していないのでなんとも言えない。

私はだからこそ、正直はらはらしていた。この部下の訪問は何をもたらすのだろうかと。

——そう感じていた私に、ヒックド様の部下が口にしたのは全くもって予想外の言葉だった。

「我《わ》が主《あるじ》からの伝言です。〝もし、君がまずいと思ったら俺《おれ》のことは切るように〟と」

「……切るように？」

「ええ、そうです。もしニーナエフ様がそう判断した場合は躊躇《ためら》うことなく婚約を破棄《はき》するようにと」

最初に言われた時、頭の理解が追いつかなかった。

ヒックド様はどうしてそのようなことを私に対して伝言したのか。形として残る紙ではなく、残らないように口で伝えてきた。

ヒックド様は……何か、危険なことをなさっているのだろうか。

「ヒックド様は、何をなさっているのでしょうか」

「それは、お話し出来ません」

真《ま》っ直《す》ぐにその人は私の目を見て言った。何がなんでも口にはしないという明確な意志が感じられた。

「お前、姫《ひめ》様の問いに対し答えないなど無礼だぞ！」

「例え、無礼だと斬《き》り捨てられたとしても話せません」

私の部下の言葉にも、彼《かれ》は淡々《たんたん》と答える。

殺されたとしても話さないという。それだけのものを、抱《かか》えている。――それだけ危険を伴《ともな》う行動をヒックド様はやっている。いいえ、やろうとしているのかもしれないわ。

ヒックド様は、――王の言うことをただ聞いていた。そんなヒックド様に、私は色々と言ってしまった。その結果、ヒックド様が動いている。

ヒックド様は恐らく私を巻《ま》き込《こ》まないために話さないようにしている。私は話してほしいと思っているのに。出来たら、協力をしたいと思うのに。

そういう私の思いが分かるからこそ、話さないようにしている。

私のためを思っての言葉だというのは分かる。

だけれども、納得は出来ない。

「そうですか。分かりました」

私はその男にはそのように答えていたが、内心ではヒックド様が何をやろうとしているのか知らなければならないと考えていた。

ヒックド様の切り捨てるようにという言葉は、聞けない。

だってヒックド様は、私の婚約者なのだから。

◆

俺の獣人《じゅうじん》たちを救いたいという思いが知られてしまったらまずい。そう思い、怪《あや》しい動きをしている王子のことを探《さぐ》った。

——だけど、第七王子とはいえ、流石《さすが》王族。

俺の存在はばれた。

上手《うま》くやっていたつもりだったけれども、その王子の側近に見つかった。

ただ、公《おおやけ》にはされていないようだった。秘密裏《り》に俺は捕《と》らえられ、第七王子の元まで連れて行かれた。そのことが不思議だった。

第七王子、ヒックド・ミッガ。

美しい銀色の髪《かみ》を持つ男。彼は、こちらを見据《みす》えている。

……俺たちの村を襲《おそ》う指示を出した王子。だけど……、不思議と捕らえたあとは酷《ひど》い扱《あつか》いをしなかったという噂《うわさ》がある。

「君は……」

ヒックド・ミッガは拘束《こうそく》された俺の前で言いよどむ。

もしかしたら色々とばれていて、皆《みな》を大変な目を遭わせてしまうのではないかと心がざわめく。

だけど……、不安な素振《そぶ》りを目の前の存在に見せるわけにもいかない。

「君は……何を考えている？」

ヒックド・ミッガは俺に対してそんな風に問いかけた。

「何を、とは？　俺は俺のしたいようにしているだけだ」

俺はそう答えた。

このヒックド・ミッガという王子にも、その側近にも自分の思いは死んでも伝える気がなかった。

俺が獣人を助けたいと思っているということを知られるわけにはいかない。俺が例え死んだとしても、獣人たちが、皆が助かるようにしなければならないのだ。

「――二人にしてくれないか」

ヒックド・ミッガは驚《おどろ》くようなことを言った。

側近の男たちが躊躇う素振りを見せたというのに、その王子は「いいんだ」と強い口調で側近たちを下がらせた。

俺は拘束されているとはいえ、獣人だ。人間よりも強い力を持つ。それなのに二人っきりになろうとすることに疑問を覚えた。この男は何を考えているのだろうか。

「――そのまま、黙《だま》っていていいから聞いてもらえるか」

王子は言う。

「俺は、君たちを追《お》い詰《つ》める命令を出した。それは事実だ。今まで俺は父である王に逆らうことが出来ないと思っていた。命令を絶対に聞かなければならないと思っていて、自分の意思なんてなかった。だけど、俺はとある人物に出会って自分がどうしたいか考えたんだ」

なぜか、王子はそう語る。

「それで俺は……獣人たちを救いたいと思った」

そしてそんな驚くべきことを言った。

「君がもし……本当に噂のように自分勝手で、人間に魂《たましい》を売ったような獣人ならば、俺はそのまま破滅《はめつ》する。だけど、俺には君がそういう人物には思えない。だからこそ、言う」

王子は俺のことを見抜《みぬ》いているかのように言う。

「俺は父上の命令に逆らって、獣人たちを始末したと嘘《うそ》をついて、逃《に》がすことにした。一部の獣人たちはまだ残っているけれど、数人を神子の元へ逃がした。俺が見た、神子と思われる存在は狼《おおかみ》の獣人と共にいたから、恐らく……神子は獣人の味方だろう」

神子。その存在を俺は知っている。ミッガ王国の隣国であるフェアリートロフ王国に神子が保護され、それが原因で俺たちの村は襲われた。隣国が力をつけることを恐れて、奴隷へ落とされるためにだ。

だけど、本当の神子ではなかったとかでばたばたしている。

——そして、本物の神子が狼の獣人と一緒《いっしょ》にいた？

そんな話は知らない。もしかしてこの王子はそれを見たけど報告せずにいた？

「——俺は、ばれてしまったら処分されるだろう。だけど俺は罪滅《つみほろ》ぼしにもならないかもしれないけれども……自分の意思で獣人たちを助けることを決めた。だから、君が獣人のことを助けたいのならば協力し合えると思うんだ。教えてほしいんだ。君が何を考えているか。君の悪いようにはしないから」

王子はそう言って、俺の目を真っ直ぐに見る。

迷いなどないような目で、偽りなど見えない目で。

俺はしばらく黙り込んだ。

「俺は——」

それからしばらくして俺はどうするべきか考えて……、そして、口を開いた。

6　少女と、民族と、人質の娘

ドングさんたちが手配をしてくれて、ひとまず、民族の人たちの中の代表の数名とフィトちゃんを会わせると決めた。それはフィトちゃんのことを信用出来ると皆《みんな》が思ってくれたからこそ成したことだ。

場所は私たちの村だ。ただ、念のために目隠《めかく》しをした状態で村に連れてくるということになっていた。

翼《つばさ》を持つ人たちとの一件もあって、私は民族の人たちを仲間の枠《わく》に入れてしまっている。私の認《にん》識《しき》次第《しだい》で、そういう範囲《はんい》が広がっていくのって、私の心がそういう能力だと知っている人たちからしてみれば丸分かりなのだなと思うとちょっとだけ複雑な気持ちになる。

でも私は神子《みこ》というものを受け入れることにした。そういうものだというのならば複雑な気持ちになったとしても受け入れると決めた。

私はその場に同席することにした。フィトちゃんのことが心配だったから。もちろん、私だけが同席するわけではない。私の契約《けいやく》しているグリフォンのレイマー、ルルマー、あとスカイホースのシーフォに、風の精霊《せいれい》のフレネ。

狼《おおかみ》の獣人《じゆうじん》のオーシャシオさんとドングさん。

猫《ねこ》の獣人のニルシさんとグエラデさん。

エルフのシレーバさんとウェタニさん。

そしてランさん。

あとガイアスも何かあった時のためにと狼の姿になってその場にいることになった。狼の姿に変身する練習も含《ふく》めてらしいけど。

「神の娘よ、元気そうでよかった……」

「神の娘よ、久方ぶりですね」

刺青《いれずみ》を入れた彼《かれ》らは、フィトちゃんの姿を見るなりそのように口にする。

フィトちゃんのことを名前で呼ぶことはない。そのことになんだか悲しい気持ちになった。

生まれ育った村にいた時、私は名前を呼ばれないのが普通《ふつう》だった。だから一切《いっさい》気にしていなかったけれど、私に唯一《ゆいいつ》優《やさ》しくしてくれていたおじいさんが悲しそうな顔をしていたのは今の私と同じような気持ちを抱《いだ》いたからなのだろうか。

「ええ、私はとても息災よ。皆の者は？」

フィトちゃんは、〝神の娘〟としてあることに慣れてしまっているのだろう。彼らを一瞥《いちべつ》したあと、私やガイアスと話している時とは違《ちが》う雰囲気《ふんいき》の喋《しゃべ》り方をした。

周りが望むままに、フィトちゃんは〝神の娘〟という立場を演じている。自分ではない自分を演じて、そこに存在している。

「こちらも貴方様《あなたさま》のおかげで皆元気に過ごしております」

「神の娘は――」

神の娘、神の娘――皆が、そう呼ぶ。

フィトちゃんの姿は、ありえたかもしれない私の一つの姿なのだろうと思う。例えば、私が契約をしている家族たちや獣人の皆に出会うことがなければ――神子様、神子様とただそんな風に呼ばれ、レルンダと優しく名前を呼ばれることはなかったかもしれない。

ただ神子として相応《ふさわ》しい姿だけを求められ続け、神子として相応しくない行動をすることを恐《おそ》れたかもしれない。そしてフィトちゃんと同じように自分ではないものを演じたかもしれない。

そういう可能性を思うからこそ、余計にフィトちゃんが神の娘と呼ばれているのが悲しいと思う。

フィトちゃんは民族の人たちが好きで、だから人質《ひとじち》としてこの村にいる間、大人しくしていた。そして心の奥底《おくそこ》では神の娘としてではなく、フィトちゃんっていうただの女の子として見てほしいと望んでいる。それは、民族の人たちのことを思っているからこそに他ならない。

民族の人たちだって……、神の娘とフィトちゃんのことを呼んでいるけれど、その言動は本当にフィトちゃんのことを心配しているように見えた。フィトちゃんのことを大切に思っているのだろうと感じる。

それならば、ただのフィトちゃんとして見てほしいっていう気持ちも伝わると思うんだ。

人はいつか死んでしまう。その事実をおばば様が亡《な》くなって、強く実感した。だからこそ、私はなるべく後悔《こうかい》をしないように生きていきたい。私の願いや行動は人によっては我儘《わがまま》と言われるものかもしれない。

でも、私は行動したい。色々と考えて、何もしないままでいたくない。行動しなければ何も始まらないのだから。

そう思うから、私はフィトちゃんと民族の人たちに近づいた。

「ねぇ、フィトちゃんのこと、名前では呼ばないの？」

なんて言って切り出したらいいか分からなくて、私はそう口にしてしまった。こうして近づいたのは軽率《けいそつ》な行動だって言われてしまうかもしれない。でも、動きたかった。それにフレネも横に控《ひか》えてくれているし、皆が傍《そば》にいるから危険はないと判断した。

「君は……」

「神の娘を名前で呼ぶなど……」

民族の人たちは、そう口にする。

神の娘はそれだけ彼らにとって特別なものなのだろう。神の娘という立場を作ることによって、民族の人たちは色々と助かっている部分も多いのかもしれない。だからこそフィトちゃんをただの少女としてではなく、神の娘としているのかもしれない。

そういう事情を私は知らない。

知らないけど、フィトちゃんの名前を呼ばれたいっていう気持ちは知っている。

だから——、

「フィトちゃんは、名前で呼ばれたがってるよ？」

そう口にした。

「名前で呼ばれたがっている？」

「神の娘が？」

彼らは驚《おどろ》いた表情を浮《う》かべている。フィトちゃんは私に向かって、戸惑《とまど》ったような視線を向けてきた。こんな風に直球で言ったことに驚いているのかもしれない。

でも、言わなければ何も伝わらない。言わないで人に思いが伝わることはない。人の心を読むなんて真似《まね》は出来ないのだから。

「うん。ね、フィトちゃん」

私がそう言ってフィトちゃんの方を見るが、フィトちゃんは戸惑った表情のままだ。民族の人たちも私を見ている。

「フィトちゃん、伝えたいことは言ってみた方がいいと、思うよ」

見た限り、民族の人たちはフィトちゃんのことを心配している。私の直感も、悪い予感は全然していない。大丈夫《だいじょうぶ》だと、私はなんとなく感じているからこそフィトちゃんに言葉を告げる。

「がうがう（言いたいことは言った方がいい）」

私のすぐ横にいるガイアスも後押《あとお》しするようにそんなことを言っていた。

フィトちゃんはガイアスの言葉を理解出来なかっただろうけれど、私の言葉に同意しているのは感じられたようだ。フィトちゃんは私の目を真《ま》っ直《す》ぐに見て頷《うなず》く。

そして民族の人たちの方を見て、決意したように口を開いた。

「皆の者、私の話を聞きなさい。……いいえ、私の、話を……聞いてくれる？」

〝神の娘〟としての口調のあと、ただのフィトちゃんとして言い直した。

フィトちゃんは、彼らの〝神の娘〟として扱《あつか》われてきていた。私はフィトちゃんから話を少し聞いただけで、フィトちゃんと民族の人たちの間でどんな関係が営まれていたのか私には正確には分からない。その場にいたわけではないのだから。

その場に居合わせなければ分からないことがある。でも、私はフィトちゃんの背中を押した。

「神の娘……そんな風に言わずに命令してくだされば私たちはいくらでも聞くのだが」

「どうしたのだ、神の娘よ」

「いいえ、それでは私が嫌《いや》なの。私の話を、今だけでいい……聞いてほしいの。神の娘としての私の言葉ではなく……ただのフィトとしての言葉を、聞いて……ほしい」

〝神の娘〟として振《ふ》る舞《ま》っていた時のフィトちゃんは流暢《りゅうちょう》に喋っていた。自信満々に、堂々と。

だけど、その〝神の娘〟という殻《から》を脱《ぬ》いだフィトちゃんは、私と同じで喋るのが苦手な女の子。

ただのフィトちゃんとして民族の人たちの前で話したことはあまりなかったのかもしれない。ううん、もしかしたら初めてだったのかもしれない。そう思うほどに彼らは驚いていた。

ずっと〝神の娘〟としてフィトちゃんが振る舞っていたのはそうするべきだとフィトちゃんが感じていたからだろうか。

例えば、私たちと出会うことがなければフィトちゃんはずっと〝神の娘〟を演じて生きていただろうか。私たちと会って、人質となって、それらの偶然《ぐうぜん》があったからこそフィトちゃんは自分自身を見られたい、名前を呼ばれたいという本音を私に曝《さら》け出《だ》したのだろうか。

「私は……五歳《さい》の頃《ころ》に、〝神の娘〟となった。そうなることを……決められた」

フィトちゃんは口を開いた。

五歳。

私が両親に捨てられた年よりも、二歳も年下の頃にそんな存在になった。

私は神子かもしれない、と言われただけで驚いた。そんな小さな頃から、そういう立場を演じるなんてどういう気持ちだろうか。例えば、私が神子として引き取られていたら……そういうことが待っていたのだろうか。

「私は、前任の〝神の娘〟から様々なことを教わった。私たちの役目も……、私たちの一族についても」

フィトちゃんは、真っ直ぐに民族の人たちを見据《みす》えて続ける。

「だから、私は皆が求める〝神の娘〟でありたいと思った。……幼いながらに、私は、前任の〝神

の娘〟に憧《あこが》れていた」

前任者である〝神の娘〟に幼かったフィトちゃんは憧れた。憧れたからこそ、周りの人たちが求める姿であろうと望んだ。

フィトちゃんの強い意思のある言葉。フィトちゃんが〝神の娘〟として過ごしてきた理由。

「私は、皆が望む限り……〝神の娘〟でいようと思った。でも……状況《じょうきょう》は変わった。それに私は……レルンダに会った」

ずっと民族の人たちを見つめていたフィトちゃんは、私を見る。

私たちは、誰《だれ》も口を挟《はさ》まない。ただ、フィトちゃんの話を聞いていた。

「私たちの、在り方として……〝神の娘〟は必要だった。……だけど、私たちはレルンダたちに出会って、変化を求められている。……それに、レルンダはとても特別だった。それこそ……〝神の娘〟というのに相応しいと思える、ぐらいに。……だけど、特別でも……レルンダは、レルンダとして生きている」

民族の人たちには、〝神の娘〟は必要だったと。でも変わらなければならないのだと。

「レルンダは特別。そんなレルンダのこと、人はなんて呼ぶのか……私は知らない。けど――〝神の娘〟として呼ばれ、振る舞う私は……実際にはなんの力もない。なのに……私が、そんな風に呼ばれるのも、振る舞うのも変だと思った。それに私は、私として接してほしいと願ってしまった」

フィトちゃんは私を見たままそう告げたあと、民族の人たちを見た。

はっきりと、なんの力もないと口にした。

「神の娘よ……何を言って」

「なんの力もない？」

民族の人たち——三人の内二人はフィトちゃんの言葉の意味が分からないというように声をあげた。だけど、残りの一人はそのような声をあげることはなかった。

ただ、何かを悟《さと》ったような表情をしていた。フィトちゃんはそのおじいさんのことを真っ直ぐに見ていた。

「ヨン……いいえ、ヨン爺《じい》。貴方は、知っているわね、私たち〝神の娘〟が決してなんの力も持っていないことを」

それは確信したような言葉だった。

ヨン爺と呼ばれたその人は、一息をついたかと思えばフィトちゃんの目を見返して言う。

「——ああ、知っていた」

「ヨンさんっ、どういうことだ？」

「神の娘が……なんの力も持たない？」

その人の言葉に、他の二人がそれぞれ信じられないといった言葉を発する。

「——何も力がなくても、私たちには、特別な存在が必要だった。だから……、神の娘は、力がなくても特別な存在として過ごしていた。でも……もういらないでしょう、ヨン爺」

「いらない、とは？」

「……私たちの在り方はこれから、きっと変わる。その中で、力のない神の娘はいらない」

自分たち、民族の在り方は変わっていくのだとフィトちゃんは言う。その後、狼狽《ろうばい》している三人や私たちにそれぞれ視線を向けて言う。

「私は聞いてほしい。私たちの民族のことを……。ここにいない皆にも……そして、レルンダたちにだって」

フィトちゃんはそう言って、語り始めた。――民族の人たちの中でも知らない人の方が多い、彼らの話を。自分が神の娘と呼ばれていてもなんの力もないという事実も含めて、フィトちゃんは語った。

「私たちの民族は……神の娘を擁《よう》するが故《ゆえ》に、守られ、自信を持ってきた。神の娘は、全てを見通し、神と交信する事が出来ると言われている。――でも、それは違うわ。なぜなら、私も含めて神の娘というのは、最初の存在を例外にして、なんの力も持たない」

神の娘は、全てを見通し、神と交信をする。そう伝えられているらしい。

「ずっと昔、私たちの民族に一人の娘がやってきた。それが……最初の神の娘。彼女《かのじょ》は不思議な力を持ち合わせていたとされている。――神の声を聞き、不思議な力を持っていたその存在がいたかららこそ……私たち民族は上手《うま》く生きていくことが出来た。刺青を彫《ほ》る文化も……その頃に生まれたって聞いた。その刺青は、最初の……真なる神の娘へ慕《した》う気持ちを表して。そう、考えると……私たちの神とは、真なる神の娘と言える……と、私は思ってる」

フィトちゃんは、民族の人たちに語りかけるようにまるで物語を聞かせるように告げる。決意した声で告げられるその話は民族にとってはよく知っている話なのだろう。どうしてそんなことを話すのかとでもいう表情だ。

「私たちの民族は……真なる神の娘がいた頃、幸せだったとされている。だけど、真なる神の娘が没《ぼっ》してから、私たちは大変な状況に陥《おちい》ったと聞いている。そこで、私たちは——私たちのために、神の娘を作ることにした……。それが、私のようななんの力もない神の娘の始まりだと……私たち神の娘には伝えられている」

神の娘に伝えられている話を民族の人たちへと語るフィトちゃんの表情は相変わらず硬《かた》い。

「神の娘を作ることによって……私たちの一族は精神的に安定した。神の娘が存在しているということを有利に生かして、その後、私たちの一族はよい方向に向かっていった。時には……一国の重臣として扱われるぐらいには。だけど、それも続かなかった。私たちは、その立場を追われた。居場所を探して、動いていたと聞いている。——そして私が、神の娘となったのは居場所もないまま、さまよっていたまっただ中だ。私たちは……不思議となんだかんだで一族を存命させてこられた。真なる神の娘以降は、決して……特別な力を持たないというのに。でもそれは……私たちの力ではなく、真なる神の娘の力ではないか……と前任の神の娘は言っていた」

居場所をなくし、追われていた。だけれども、一族は存命してきた。……フィトちゃんの口ぶりからすると、それはよっぽど奇跡《きせき》的なことだったのだろう。

私はフィトちゃんの話を聞きながら少しだけ不思議な既視感《きしかん》を覚えていた。

「私たちは……ここにたどり着いた。レルンダたちに出会った。……これはいいきっかけだと思う。私たち神の娘にはなんの力も持たない。そんな私たちが出会った先で……不思議な力を持つ、レルンダがいた」

私の方をフィトちゃんが見る。

「私のような、力もない神の娘は普通の娘に戻《もど》っていいと、私は思った。私たちの一族の在り方は、変えていくべきだと思うから……」

フィトちゃんはそう言って、話を締《し》めくくった。

その話を聞いて、民族の人たちは黙《だま》り込《こ》んでしまっている。神の娘という存在を信じ切っていた人たちはフィトちゃんの話を聞いて衝撃《しょうげき》を受けたのだろう。そしてヨンさんも黙り込んでいる。

そんな中で、意外にも真っ先に口を開いたのはランさんだった。

「その真なる神の娘……全てを見通し、神と交信をし、不思議な力を持っている——それは、私たちの言う神子と同じ存在かもしれません」

私はその言葉にはっとなった。

私の感じた不思議な既視感は、それだったのだろう。——神の娘と呼ばれる存在は、神子という存在とそっくりだ。

神子という単語にフィトちゃんたちは不思議そうな顔をした。

フィトちゃんたちはミッガ王国に追われてこの森の中に入ってきたという話だけれども、ミッガ王国と近い位置にいなかったのだろう。フィトちゃんたちは独特の文化の中で生きてきた一族で、だからこそ神子という名前をきちんと聞いたこともなかったのかもしれない。

でも確かに、彼らの言う神の娘と神子という存在は本当に似ている。

「私たちが神子と呼んでいる存在は、神に愛されている者のことを指します。その者は神に愛され、世界に祝福されている、特別な力を持ち合わせている。そう呼ばれているのが私たちの言う神子です。貴方たちの一族が言っている神の娘というのは私たちの言う神子と同じ存在ではないかと思います。それならば、貴方たちの一族が存続していったというのも納得《なっとく》出来るのです」

ランさんの目はキラキラしている。

新しい発見をしたことが嬉《うれ》しいのだろう。ランさんは興奮したような表情で続ける。

「神子の愛した土地や愛した人たちは神子がいなくなったあとも、祝福されると伝えられています。神子の力は万能《ばんのう》ではないけれども、それでも祝福は残るのです。貴方たちのところにいたその真なる神の娘は……貴方たちのことを本当に大切に思っていたのだと思います。だからこそ、貴方たちが土地を追われても存続出来たのではないでしょうか」

ランさんは話し続ける。

「その真なる神の娘と呼ばれている方がどれだけ昔に存在していたのか興味深いです。そう考えると本当に神子の力というのは凄《すさ》まじいものです。本当に興味深い。是非《ぜひ》とも知りたいものです」

「ランさん、話がそれてるよ」

「あ、すみません。そうですね、とても興味深いですが、ひとまずそのことは置いておくとして……。神子と、神の娘。呼び方は違うけれども、恐らく同じ存在なのでしょう。フェアリートロフ王国やミッガ王国、その周辺地域では神子として広まっている存在ですけれども、よく考えてみると違う名で呼ばれていてもおかしくはありません。あくまでも神子という呼び名は、私たち人間がつけたものです。神に愛されている、特別な力を持ち合わせている――だからこそ、神子と呼ばれるようになった。私たちの認識している神子という存在は数が少ないですが、もしかしたら貴方たちの一族で真なる神の娘とされていた方のように違う名で、世界に生きた証《あかし》を残して去った方もいるかもしれないでしょう。神の娘と呼ばれている存在が引《ひ》き継《つ》がれていたというのも、興味深いです。神子の力は受け継がれるわけではない。だからこそその存在の名を引き継いでいたとしてもその力を持ち合わせていないのは当然のことです」

ランさんはずっと話し続けている。

興奮しながら、だけど、冷静に努めようとしているように見えた。

ランさんの勢いに押されて、フィトちゃんたちは顔を引きつらせて固まっている。

「貴方たちは神の娘という存在に愛され、大切にされていたからこそここまで生きてこられた。ここまで一族を繁栄《はんえい》させてきた。……そして、その神の娘の加護なのか、導きなのか……貴方たちはここに導かれた。レルンダのいる場所に。これには意味があるのではないか、そう私は思います」

ランさんは言い切った。

——神子である私の元へ、彼らは来た。

そのことには、何か意味があるのだろうか。偶然？　それとも、その真なる神の娘と呼ばれた存在の導きなのか。私には分からないけれど、ランさんは何か意味があると言い切った。

フィトちゃんたちは、ランさんの話を聞いたあと、私のことを見ている。

「……神子、神の娘。確かに、似ている。私たちの神……真なる神の娘と神子と呼ばれる存在は同じなのかもしれない。……レルンダ」

私の名を呼んで、私をじっと見つめている。

「……レルンダは、その、神子というもの？　私たちの……神と同じ？」

問いかけられた。確証を持ったような言葉。ランさんが少しだけしまったといった表情をしている。興奮して神子について詳《くわ》しく説明をした結果、私が神子であるという確証をフィトちゃんに持たせてしまったからだろう。

私はフィトちゃんの問いかけに、静かに頷いた。

私が神子であるということを肯定《こうてい》すると、フィトちゃんは息を呑《の》んだ。

フィトちゃんたちにとって、その真なる神の娘というのはそれだけ特別な存在であったということだろう。恐らく、私と同じように神子だったかもしれない人。

その人が没したあとも、その人の思いはフィトちゃんたち一族へと向かっていたのだろう。だからこそ、フィトちゃんたちは生きながらえた。一族として破滅《はめつ》していくこともせずに、なんとか一族が存命してきた。

――私が寿命《じゅみょう》でいつか亡くなったあとも、私が皆のことを大切に思っていたらその気持ちで皆が助かったりするのだろうか。

そんなずっと先の未来を思う。

その神子であったかもしれない、真なる神の娘と呼ばれた人はどんな風に生きて、どんな風に死んでいったのだろうか。

「……レルンダが、真なる神の娘と、一緒《いっしょ》」

そうつぶやいたフィトちゃんは膝《ひざ》をついた。

「フィトちゃん⁉」

「……真なる神の娘と同じ存在。なんという、幸運か」

フィトちゃんはぶつぶつとつぶやく。それに倣《なら》うように他の民族の人たちも膝をついている。

その事実にびっくりして固まってしまう。

「……私は、やはり、神の娘でなくていい。本物がいるなら、私はそんなもの……演じなくていい。

レルンダ……ううん、レルンダ様」

「ええっと、様付けはやめてほしい」

「……レルンダ。私たちが、真なる神の娘と同じかもしれないレルンダに出会ったのは、ランさんが言うように、意味がある。……我儘かもしれないけれど、私たちを……導いてほしい。いえ……私たちが、傍に控えることを許してほしい。それだけできっと、私たちは大丈夫だから」

フィトちゃんはそんなことを言う。私はフィトちゃんと友達になった。でも……フィトちゃんは私がそういう存在だと知って、友達という枠から外そうとしているように見えた。

「フィトちゃん……仲良く出来るなら私は、皆と仲良くしたい。フィトちゃんたちが私たちと敵対とかしないなら。私は、フィトちゃんのこと、友達と思ってる。だから……そういう許してほしいって言い方はいらない。私は、仲良く出来るなら仲良くする。でも私の大事な人たちに、嫌なことするのだけは見逃《みのが》せない」

「……ありがとう。レルンダ。私も、友達だと思ってる。でも友達であると同時に、崇拝《すうはい》の対象であると知ってしまった。友達で、そういう対象というのは駄目《だめ》？　あと、貴方が真なる神の娘と同じ存在であるというのならば私たちの民族の中では誰一人貴方の気分を害することはしないでしょう。私たちの民族はそれだけ真なる神の娘に感謝を持っているから」

「……じゃあ、崇拝よりも、友達の比率を高くしてほしい。私はそっちの方が嬉しい」

私がそう言うと、立ち上がったフィトちゃんは頷いて、私の手を取った。

「──私は、レルンダの友としてあり、仲間として存在する。力もない私が何を出来るのか分からないけれど……でも、貴方の味方でいる。そのことを、私は誓《ちか》う。民族の皆にも、貴方が困ることは絶対にさせない。今代の神の娘の名にかけて……絶対にさせない」

フィトちゃんはそう言った。決意したような目で私を見つめる。そして吹《ふ》っ切《き》れたように笑ったのだ。

その場にやってきていた民族の人たちは「真なる神の娘と同じ存在を不愉快《ふゆかい》などさせない」「これは他の者にも伝えなければ」などと口にしている。

……フィトちゃんになんの力がなくても民族の人たちに受け入れられたらいいのにと思って、行動を起こしたのに予想外の方向に行ってしまって私は困惑《こんわく》している。けれども悪い方向に行っているわけではないと思いたい。

視線をずらせば、ランさんがドングさんから怒《おこ》られていた。

「なんでレルンダが神子と分かるようなことを言ったんだ。悪い方向にはいかなかったが……」と、そんな風に。

「レルンダ、人質がいなくても……貴方が真なる神の娘と同じ存在なら私たちは貴方たちが困ることは絶対にしない。私たちにとって、神の娘という存在は特別で——その中でも最初の真なる神の娘は最も大切にするべき存在だから」

「……ひとまず、他の人たちには帰ってもらっていい？　それでフィトちゃんは、私たちとちょっとゆっくり話そう」

予想外の展開になってしまったから、私自身も困惑しているのだ。だからひとまず落ち着いて話をしたいと思った。

その言葉にフィトちゃんや民族の人たちは頷いて、民族の人たちは笑《え》みを浮かべたまま自分たちの住んでいる場所に戻っていくのであった。

幕間　教育係の記録　4

『神子《みこ》に関する記録』
記録者：ランドーノ・ストッファー

私たちは新たな村で新しい暮らしを始めている。

大きな変化はいくつかあった。

その内の一つ目はやはり、ガイアスが狼《おおかみ》に変身出来るようになったことだろうか。耳と尻尾《しっぽ》が銀色に変化するだけではないだろうと思っていたが、まさか狼になるとは思っていなかった。とても興味深い変化である。

またガイアスが狼の姿に変身したことに伴《ともな》い、獣人《じゅうじん》たちのガイアスを見る目にも変化があった。過去の獣人はその身を獣《けもの》に変えることが出来たと伝えられているらしい。ガイアスはその祖先たちと同じ立ち位置になったのである。

ガイアスが狼の姿に変身する際、魔力《まりょく》を用いるという。狼姿の時の言葉は現状レルンダ以外には分からないようだ。

次の変化としては民族の元から人質《ひとじち》としてこの村に滞在《たいざい》することになったフィトのことだろう。

民族たちは、その顔に刻まれた刺青《いれずみ》といい、恰好《かっこう》といい、独自の文化が営まれている。フィトのことはまだ分からないことだらけだが、神子であるレルンダが懐《なつ》いているところを見るに、この村に害をなすような存在ではないことは分かる。

口数が少ないフィトは出会った頃《ころ》のレルンダとどこか似ている。だからこそ、余計にレルンダはフィトと仲良くしたいと思ったのだろう。

フィトに関しては、神の娘《むすめ》と呼ばれる理由についても先日の一件で理解を深めることが出来た。過去に存在していた神子が、民族の元では神の娘と呼ばれていた。そして力がなくてもその役割を引《ひ》き継《つ》いでいた。なんて、ロマンの溢《あふ》れる話だろうか。

民族は少し離《はな》れたところに村を形成している。私は危険かもしれないとまだそこに行かせてもらっていないが、獣人たちから話を聞いて、彼《かれ》らの文化についての理解を深めている。

またレルンダの加護の範囲《はんい》も少しだけ分かった。

力の範囲は、民族の人たちを大切にしたいと願うと、私たちの村だけでなく、彼らの村まで広がった。

それはレルンダの気持ち次第《しだい》で、影響《えいきょう》は広がっていくということを示している。

恐《おそ》らくフェアリートロフ王国にいた頃、フェアリートロフ王国に所属している村という認識《にんしき》があったためフェアリートロフ王国全体に力が影響していたのだと思う。

国に所属していたからこそ、それだけの影響力があった。もしこの村がどこかの国に所属していれば、国全体に影響があるのではないかと思っている。いや、今ここは村でしかないけれども、レルンダやガイアスの——獣人たちの大切な人たちが危険な目に遭《あ》わない場所を作るというのが目標であるのならばこの場所はいずれ国となるのではないか。そういう期待をしている。

レルンダは神子であるから、これからもっと様々な影響を世界に与《あた》えるだろう。目標を叶《かな》えるために行動をし続けるのならば余計に。

レルンダのことを信仰《しんこう》している大神殿《だいしんでん》の神官であるイルームさんと出会うことにもなった。レルンダに心酔《しんすい》し過ぎていて、正直言って彼に関しては心配が強い。

もっともこの村にレルンダを追いかけてやってきたのは、私も同じなので人のことを言えないかもしれないが。レルンダが嫌《いや》な予感を感じていないのを思うに、イルームさんはこの村にとって悪い存在ではないのだろうとは思っている。

次に翼《つばさ》を持つ者たちのことを書こう。彼らについては、私自身、話にも聞いたことがなかった種族だ。

そんな存在がこの場所で生息しているなんて思ってもいなかった。それにレルンダに対して特別な感情を抱《いだ》いている原因も、今はまだ分からない。

けれど、きっとレルンダが神子であることが一因であろう。私は彼らのことも含《ふく》めてレルンダのことを記録していきたいと思う。

レルンダにとっても私にとっても悲しい出来事も起きた。それはおばば様の死である。おばば様は穏《おだ》やかに亡《な》くなった。誰《だれ》かが亡くなるというのはやはりどれだけ経験したとしても悲しいことだ。

レルンダは人の死を経験していき、様々な経験をしたからこそ、少しずつ成長していっている。

レルンダが道を誤ることがないように、私たち大人できちんと見守っていかなければならない。レルンダは神子だけど、レルンダも人なので間違《まちが》えることはあるだろうから。肯定《こうてい》するだけではなく、見守っていける大人を増やしていきたいと私は思っている。

この村ではたくさんの変化が起こった。そしてそれは全て神子であるレルンダに繋《つな》がっている。

そう思うと神子という存在は本当に興味深く、研究しがいのある存在だと思える。これからこの村がどのように変化していくのだろうか。そんな不安はあるが、私はそれよりもレルンダが私に何を見せてくれるだろうかとそれが楽しみでならない。

7　少女と、神の娘

民族の人たちに帰ってもらったあとフィトちゃん、ガイアス、ランさん、ドングさんと一緒《いっしょ》に私の家に集まった。

狼《おおかみ》の姿のままのガイアスは家の中へと入ってから、魔力《まりょく》切れを起こして獣人《じゅうじん》の姿へと戻《もど》った。

フィトちゃんはその様子に驚《おどろ》いていた。ガイアスが狼の姿に変化出来ることをフィトちゃんは知らなかったのだからそれも無理はない。

「……それも、神の娘としての力？」

フィトちゃんの言葉に私はこくりと頷《うなず》く。

ひとまず、話をしようとフィトちゃんを家に連れてきたわけだけど、何を話せばいいのだろうかと悩《なや》んでしまう。

そんな中で口を開いたのはランさんだった。

「フィト、貴方《あなた》に聞きたいのですが、貴方の先ほどの言葉に偽《いつわ》りはありませんか？」

ランさんはフィトちゃんに問いかけた。

「ええ、もちろん。私はレルンダの友で、仲間として存在する。レルンダが困ることはやらないし、皆《みんな》にもさせない。私はなんの力もない〝神の娘〟だけど……それでもそのくらいはしてみせる」

フィトちゃんは決意に満ちた目でそう言った。

「きちんと、レルンダの意見を聞いてくれますか？　レルンダのためだからとレルンダが望んでないことをやらないと誓《ちか》えますか」

「……それはどういう意味？」

「私は危惧《きぐ》しています。レルンダのことを信仰《しんこう》する存在というのは、一種の爆弾《ばくだん》です。信仰心というものは恐《おそ》ろしいものです。レルンダを信仰するあまりにレルンダが望んでないこともレルンダのためにと起こしてしまうのではないかと私は恐れています。ですので、貴方に問いたいのです。貴方自身は大丈夫《だいじょうぶ》だったとしても、あの方々を本当に貴方が制御《せいぎょ》出来るのかどうかを」

ランさんはフィトちゃんに問いかけている。私が神の娘と同じ存在だと知られたことで、フィトちゃんや民族の人たちとの関係が変化していった。信仰の対象になったからこそ、イルームさんのようにならないかをランさんは心配しているのだ。

私はその様子をガイアスと一緒に黙《だま》って聞いていた。私はなんと言っていいか分からなくて、ランさんに任せっきりになってしまっていた。

「……そうね。私はレルンダの友達でもある。だから、皆よりは理性的になるつもり。もし、友達よりも信仰寄りになってしまっていたら、叱《しか》ってほしい。だけど、皆はレルンダを神のように扱《あつか》うかもしれない。でも……何がなんでも皆を暴走なんてさせない」

「貴方が力を持たないことを彼《かれ》らに告げていましたが、それでも制御が出来るのですか？」

「……私はレルンダの友達とされているわ。力がないとは言ってしまったけれども、真なる神の娘の友達である私ならば恐らく大丈夫だと思う。それに、私の全てをかけて皆を制御する。私の命をかけたっていい。私は、それを誓う」

命をかける、などと恐ろしいことをフィトちゃんは言う。

私はそんなことはしてほしくない。フィトちゃんが、せっかく友達になった女の子が死んでしまうのなんて悲しいから。

「……フィトちゃん、命はかけないで。私はフィトちゃんが死んだら悲しいから」

「でも……レルンダ」

「大丈夫だよ、フィトちゃん。フィトちゃんなら、命をかけなくたって大丈夫」

悪い予感はしていない。フィトちゃんや民族の人たちに。

ランさんが警戒《けいかい》している気持ちも分かる。イルームさんと同じ問題があるのも分かる。でも、私はなんとなく大丈夫だと思っている。

フィトちゃんが私の友達で、仲間でいるって言ってくれた。

その言葉は、なんの嫌《いや》な予感もせずに受け入れられる嬉《うれ》しい言葉だった。

だからフィトちゃんがやるって言ったなら大丈夫だと思った。

「そうですか……、レルンダは大丈夫だと思うんですね？」

「うん」

私が頷けば、ランさんは少しだけほっとした表情をした。

「なら、恐らく大丈夫なのでしょう。でも……いくらレルンダの勘《かん》が大丈夫だと言っていたとしても、神子《みこ》の力は絶対ではありません。だから油断はしないでくださいね」

「うん」

私はランさんの言葉に頷いた。

その日、フィトちゃんは私の家に泊《と》まった。

グリフォンたちが念のためにフィトちゃんを警戒してその場にとどまっていた。

眠《ねむ》りにつく時、私はフィトちゃんが心健《すこ》やかに過ごせるようにと祈《いの》った。


目が覚めて、身体《からだ》を起こす。

ベッドから降りて、寝《ね》ぼけた頭でまだ眠ったままのフィトちゃんの方を見て——、

「え」

私は固まった。

フィトちゃんの薄緑色《うすみどり》の髪《かみ》が、薄紅色《うすべに》に変化していた。

髪の色が変化して、なんだか別の人になったような印象を受ける。

「私……また、やっちゃった」

レイマーやガイアスの時と一緒だ。

私はまた、同じことを起こしてしまったのだろう。

ただの、フィトという少女として、名前を呼ばれたいとフィトちゃんは言っていたのに。フィトちゃんに何かをしてしまった。

私が固まっていると、フィトちゃんが目を開ける。

そして身体を起こして、固まっている私のことを見つける。私を見て、フィトちゃんはどうしてそんな表情をしているの、とでもいうような顔をした。

「……フィトちゃん、ごめん」

「どうして謝《あやま》るの」

「髪……色が変わってる。多分、私のせい」

「え？」

フィトちゃんは驚いた表情で、自分の髪に触《ふ》れる。そして視線を落とす。

髪の色が変化している事実にフィトちゃんは目を見開く。

「……髪の色が違《ちが》う、でもどうしてこれがレルンダのせいなの？」

「多分、私がフィトちゃんのことを祈ったから……それでフィトちゃんに何かしちゃったんだ。フィトちゃん、今までと違うかもしれない」

「祈ったら、何か起こるの？」

「うん。……ランさんが『神子の騎士《きし》』になるって言ってた。私は、無意識にフィトちゃんをそういうものにしてしまったのかもしれない」

レイマーの時も、ガイアスの時も——今回も、『神子の騎士』にしてくださいなんて祈ってはいない。でもどういう風に解釈《かいしゃく》されているか分からないけど、何か強く思った時にそういう風に誰《だれ》かに変化が訪《おとず》れている。

私が民族の人たちを大切に思ったら民族の人たちの村でも作物が育ちやすくなったりとか、本当にどういう風な仕組みなのだろうか。神子の力ってよく分からない。そして不思議だ。

私はやっぱりもっと神子という存在について知っていかなければならないと思う。私がどういう力を持っていて、何が出来るのかというのをきちんと知らなければならない。知らないと予想外の出来事を起こしてしまったりするかもしれないから。

フィトちゃんの意思を聞くこともなく、私の祈りはフィトちゃんに作用してしまった。だから、フィトちゃんは怒《おこ》るのではないかと思った。でも、フィトちゃんは怒らなかった。

「謝らなくていい。……これが、神の娘……いいえ、神子の力の一部なのね」

「……フィトちゃん、フィトちゃんとして過ごしたいって言ってた。でも、私がフィトちゃんに何かしちゃった。だから……」

「いい、気にしなくて。どちらにせよ、私が……ただのフィトとして生きたいと願ったとしても、皆は私を神の娘であった存在として接する。それに、皆がレルンダの望まないことをしないようにするためには力があった方がよかった。……私は力なんてなくてもそれを成すつもりだったけれど……、でも、力を望んだのは、変化を望んだのは私よ」

そういえばガイアスも言っていた。夢で聞かれて、答えたからこその変化だと。

私が祈って、フィトちゃんが望んだからこその変化が起こったのだ。

「だから、レルンダは謝らなくていい。むしろ、私に何かを、与《あた》えてくれてありがとう。これで、やりやすくなるわ。貴方のために動きやすくなる」

「……フィトちゃん」

フィトちゃんは真《ま》っ直《す》ぐに私の目を見て言った。

やることを決めて、生き生きしている。そんな表情を浮《う》かべている。

人質《ひとじち》としてこの村にいた時のフィトちゃんは無気力で、何もしようとしていなかった。生まれ育った村にいた頃《ころ》の私みたいにただそこにいるだけだった。――でも、今のフィトちゃんはやるべきことを決めてそれを達成しようという熱意に溢《あふ》れている。

「私は、何が出来るようになったの？」

「ごめん、それは分からないの」

レイマーは美しい金色の羽毛《うもう》に変わったり一回り大きくなって、グリフォンたちの中でも一番強くなった。

ガイアスは銀色の耳と尻尾《しっぽ》へと変わって、狼へと姿を変えることが出来るようになった。

なら、フィトちゃんは何が出来るようになったのだろうか。そもそもこの神子が与える祝福って実際にはどういうものなのだろうか。それがまだ私には理解が出来ない。

レイマーやガイアスの出来ることだってまだ全てが把握《はあく》出来ているわけでもないのだ。

「そうなの。分かったわ。なら、何が出来るようになったか探す」

「うん。一緒に探そう」

フィトちゃんと話《はな》し込《こ》んでいたら、それなりに時間が過ぎてしまっていたらしい。ランさんが「レルンダ、フィト、起きてますか」と扉《とびら》を開ける。

扉を開けたと同時に、ランさんは「フィトに神子の祝福が？　それは……」とぶつぶつ何かを思考し始めてしまった。ランさんは研究熱心だから、フィトちゃんに変化が訪れたのを見て色々と考えることがあったみたいだった。


フィトちゃんに祝福が与えられたという事実は村中に知《し》れ渡《わた》った。フィトちゃんの髪の色が変わったのもあって一目瞭然《いちもくりようぜん》のことであった。

ただフィトちゃんがどういった力を手に入れたのかというのは現状分からない。『神子の騎士』という存在の例はそんなにないのである。フィトちゃんはそのことを気にしていない様子だった。例え分からなかったとしても、フィトちゃんが『神子の騎士』になったのは事実であり、これで動きやすくなったと言っていた。

ランさんは興味津々《きょうみしんしん》である。

フィトちゃんのことも研究対象になったようで、意気揚々《いきようよう》とフィトちゃんの周りをうろうろしていた。

フィトちゃんはあのあと、民族の元へ顔を出した。民族の人たちにフィトちゃんがなんの力も持たない少女であったとは知られてしまったものの、私から祝福を与えられたということで神の娘に連なる存在だとして特別視されるようになったらしい。私は一緒に行かなかったから詳《くわ》しくは知らないけれど一緒についていったドングさんが言っていた。

フィトちゃんは上手《うま》く民族の皆を説得したらしい。自分の言葉で、力強く前に立ち告げる姿はとても説得力に満ちていたと言っていた。

フィトちゃんは民族の人たちと連絡《れんらく》を取り合いながら、私を支えたいと申し出たみたいで引き続きこの村にいることになった。フィトちゃんは、一人で行動はしないようにとは言われているけれど村の中で自由に過ごせるようになった。

フィトちゃんが自由に過ごせるようになり、前よりも笑ってくれるようになったことが嬉しい。民族との関係も前よりもよくなってきている。私のことを信仰しているという事実は不安だけど、それでもフィトちゃんや民族たちと仲良くなれたことが嬉しかった。

「祝福って、よく分からないね」

「そうですね。まだ不明な点が多いものです。過去の神子の記録というのもあまり残っておりません。ですから、フィトから過去の神子だろうと思われるその真なる神の娘について聞かなければなりません」

ランさんは私のつぶやきに目を輝《かがや》かせていた。

本当にランさんは知りたいことを知ろうとする意欲が強い。ランさんは神子という存在について知りたくて仕方がないのだろう。

すぐ傍《そば》にいるスカイホースのシーフォと、グリフォンのワノンが呆《あき》れた目をランさんに向けている。

「ひひひひーん（興奮してるね）」

「ぐるぐるぐるるるる（研究熱心だものね）」

二頭ともそんな風に言っている。本当にランさんは研究熱心で、自分のやりたいことに対して一生懸命《いっしょうけんめい》で、そういうところが好きだなって思う。

シノルンさんはランさんもいい年頃《としごろ》なのにと心配していた。ランさんは二十三歳《さい》になるのだが、研究に一生懸命で誰かと結婚《けっこん》することは考えていないようだ。そのことに対して、シノルンさんたちは心配しているようだった。

私はよく分からないけれど、二十歳《はたち》ぐらいになると皆結婚していくものらしい。平民だともっと遅《おそ》くに結婚している人もいるみたいだけど、ランさんは元貴族だから嫁《とつ》ぎ遅《おく》れだと散々言われていたそうだ。

「でもいいのです。私はそれよりも色んなことを学びたいのですから」

「結婚とかしないの？」と聞いた私に、ランさんはキリッとした顔でそう言った。

私も大きくなったら結婚とかするのかな。そういうの、いまいちぴんと来ない。

結婚ってどんな感じなんだろう。この村にいる夫婦《ふうふ》はとても幸せそうだ。私はそういうのを見るといいなぁという気持ちになったりもする。仲のよい家族というのはいいなって思う。

私はグリフォンたちやシーフォ、それにフレネのことも家族のように思っているけれど、結婚して家族になるとそれとはまた違った家族の形になるのだろうか。ちょっとだけ興味が湧《わ》いた。

少しだけそういうことに興味が湧いていた頃、私は嬉しい知らせを受けた。

「妊娠《にんしん》したの？」

そう、村に住んでいるエルフのウェタニさんのお腹《なか》に子どもが宿ったという話だった。ウェタニさんはエルフだから人間や獣人よりもずっと子どもが出来にくい。シレーバさんがとても久しぶりのエルフの子どもだと喜びの声をあげていた。

私も嬉しい、と心から感じた。

ああ、そうかって思った。誰かが亡《な》くなることもあれば、こうして命が生まれることもあるんだって、なんだか実感した。

命が失われて、命が生まれて。

おばば様はいなくなったけれど、新しい命がお腹の中で育まれていて——そして新しい出会いが待っているのだ。

そう思うと、心が躍《おど》った。

ウェタニさんのお腹に手をあてて、そこに生きている鼓動《こどう》を感じた。

……新しい命。新しい出会い。

それが待っていると思うと、私は嬉しかった。

◆

「おばば様、ウェタニさんの身体に新しい命がいるんだよ」

私は今、村の中に作られているお墓の傍にいる。

ここにはアトスさん、ロマさん、おばば様のお墓がある。広場からそんなに離《はな》れていない場所に作っているのは、空へと旅立っていった皆が寂《さび》しくないようにだ。

もう話すことも、笑いかけてもらうことも出来ない。

そのことは考えれば考えるほど、寂しくて悲しい気持ちになる。――だけど、前を向いて生きる。今はもういない大好きな人たちのことを心にとどめて、皆が安心して見守っていけるように頑張《がんば》る。

お墓には皆がよく来る。それは亡くなった人たちのことを私同様に皆が大切にしていたから。ガイアスも、よくここに来ている。ガイアスはアトスさんのことを考えているのだろう。

誰かがいなくなるのは悲しい。だけれども、私たちは生きている。生きているということは、いつの日か死が訪れるということ。

死が訪れない生き物なんていない。――ずっと続くと思っていても、いずれ死が訪れる。……私はその日まで精一杯《せいいっぱい》生きたい。皆が笑える場所を作りたいっていう私たちの目標は着実に叶《かな》っていっていると思う。だってこの村は今のところ、人に襲《おそ》われたりする脅威《きょうい》に遭遇《そうぐう》してはいない。

……不安要素はあるけれども、確かに少しずつ目標に近づいていっている。私たちの目標を叶えるためにもっと何をしたらいいのだろうか。私は争い事とかは嫌《きら》いだけれども、争い事をしなければならない場合もきっとある。

翼《つばさ》を持つ者たちのことや、イルームさんたちのこと。どうやっていけばいいのかというのが見えてこない。だけど、ランさんたちと相談し合いながら上手く事が運べばいいなぁと思う。

私の神子としての力についてもまだ分からないことだらけだ。風の魔法《まほう》は大分使えるようになった。フレネにも「いい調子ね」と褒《ほ》められるぐらいには。風の魔法以外も使えるようになってみたいと思っている。シーフォのように火を操《あやつ》れたりしたらもっと楽しくなるのではないかとも思うから。

ただ魔法というのはとても強大な力だから、その力を人になるべく向けないで済むようにしたい。……でも例えば、誰かが私の大切な人たちに危害を加えるのならば、向けなければならないかもしれない。

今は、たまたま、人と敵対せずに済んでいるけれど――……いつか、きっとその覚悟《かくご》をしなければならない。……頑張ろうって、お墓の前で誓う。

じっと、お墓を見据《みす》えていたらガイアスがすぐ近くに来ていた。

「レルンダも来てたのか」

「うん」

「父さんが、死んでもう二年か……」

「……うん」

アトスさんが死んで二年。

八歳の誕生日を迎《むか》えてしばらくしてアトスさんは亡くなった。他でもない私と同じ人間の仕業で。

私が追いつかなければガイアスだって死んでいたかもしれない。そう思うとあの時、ガイアスに追いつけて本当によかったと思う。

私たちはこの二年で、大分、変化してきたと思う。

エルフたちに出会って、魔物《まもの》退治をして。私は精霊《せいれい》と契約《けいやく》をした。

それから新しい場所にたどり着いて。

民族の人たちと出会って。私は自分が神子だと自覚した。

ガイアスは私の影響《えいきょう》で狼に変身出来るようになって。

イルームさんたちや翼を持つ人たちと出会って。

たくさんの出会いを私たちはしている。

空の上で私たちのことを見守っているであろうアトスさんは、そんな私たちの変化に驚いているかもしれない。

「私たち、結構変わった。私もガイアスもあの誓いを立てた時から……少しは強くなれたと思う。あの時の皆が笑い合える場所を作るって夢はまだ続いている。……今、とても幸せだけど。時々不安になる。また、アトスさんが亡くなった時みたいになったらって。そして……また襲ってこられたらって」

私はこの村で幸せを感じている。楽しくて仕方がない。

でもそれと同時に不安もあるのだ。

私はまだ、皆を守れるほどの力を手に入れられていない。この場所はとても穏《おだ》やかだけど、まだ皆が安心出来る場所にはなっていない。誰かが襲ってきたら簡単に崩壊《ほうかい》するかもしれない。

私は神子として力を持っているけれども、その力があったとしてもどうしようもない人が襲いかかってきたら？　お墓に来ると、そういう不安が余計に湧いてくる。

「……うん。俺《おれ》も不安だ。ミッガ王国の人間がここに来るとは思えないけれど……もしミッガ王国の人間がここの存在を知った場合、俺たち全てを奴隷《どれい》に落とそうとするかもしれない」

「……うん」

「ミッガ王国だけじゃない、もしかしたら他の存在だって例えばレルンダを手にしようとするとか、そういう目的で襲ってくる可能性もあると思う」

「……うん」

まだこの場所は周りには知られていない。私たちがこの森の中でこうして村を作っていることは広まっていない。だからこそ、私たちは平和を保てている。もしここの場所が知られたら？

「でも……そうなった時にどうにか出来る力を手に入れるために俺たちは頑張るって決めたんだろ。また襲ってこられたらって俺も不安だけど、そのために俺たちは出来ることを増やしてきたんだ。だからそういうことがあったら応戦する」

「……そっか。私はちょっと、戦うのは怖《こわ》い」

「前の時は、俺は何も出来なかったから。レルンダに守られたから。だから今度は、動けるように。レルンダに守られたんだから今度はレルンダを守る。レルンダが応戦したくないっていうのならば、俺や他の人たちだけでやる」

「……ありがとう。でも、もしそうなった時は怖いけど、私も頑張る」

ガイアスの言葉は嬉しかったけれど、もしそうなった時は怖くても頑張りたいと思う。だって私は皆を仲間と思っているから。怖いからって、皆にだけ背負わせたくはないと思うから。

ガイアスはそれに頷いた。

幕間　王子と、綱渡りの行動／王女と、推測

俺《おれ》、ヒックド・ミッガは一日一日をひやひやしながら過ごしている。

あの猫《ねこ》の獣人《じゅうじん》は、自分が悪者になり、人間社会に溶《と》け込《こ》むことによって捕《と》らわれている獣人たちを助けようとしていた。同じように捕らわれている獣人たちを助けるために、自分を犠牲《ぎせい》にする。自身が敵に回ろうとも、その道を突《つ》き進《すす》むことを決めた彼《かれ》のことを俺は心から尊敬した。

彼――ダッシャは自分の身が朽《く》ちたとしても助けたいと願っているのだと言った。

このミッガ王国は獣人の奴隷《どれい》が数多くいる。獣人の住んでいる場所が近くにあったからであるが、獣人以外の異種族も奴隷に落とされている。

第四王子である兄上が捕らえた竜族《りゅう》の一人も相変わらず、奴隷のままだ。俺が知っている竜族の奴隷はその者だけであるが、もしかしたら国内には他にもいるかもしれない。兄上の奴隷になっているその竜族とはあまり関わったことがない。

そもそも俺はミッガ王国の第七王子という王族とはいえ、地位が低い。父上の命令に反する行動を起こしていることが露見《ろけん》すれば処刑《しょけい》されてしまう恐《おそ》れも十分ある。よくて追放、最悪で処刑だろうか。それとも監禁《かんきん》されて拷問《ごうもん》されるだろうか。そういう恐れがあるからこそ、俺は慎重《しんちょう》に動か

なければならない。

まだ、死ぬわけにはいかない。このまま、目的を遂行《すいこう》することなく死ぬのは嫌《いや》だ。――俺は出来うる限り、自分の意思に従って、行動をする。

その先で、俺にとっての破滅《はめつ》が待ち受けている可能性は高いけれども――それでももう賽《さい》は投げられている。

それにしても、どう動くべきか。どんな風にするべきか。考えることは疲《つか》れるけれども、それでもただ父上の命令を聞いていた頃《ころ》より、俺は〝生きている〟と実感が出来た。

思考することがなく、ただ与《あた》えられたものだけをこなすのは人形か何かと同じだ。俺はニーナに出会って、ニーナと話して、その上でようやく、自分の意思で動くことにした。

それがどれだけ綱渡《つなわた》りな行動だったとしても、俺はこの意思を貫《つらぬ》くことを決めている。

「――神子《みこ》の元へ、たどり着いたかどうかは分からないのか？」

「はい。ヴェネ商会のサッダ様が神子の元へたどり着き次第《しだい》、報《しら》せをこちらによこすと言っておりましたが、現状、どうなっているか分かりません」

「そうか……」

獣人たちの一部は、ヴェネ商会に頼《たの》んで神子を見つけた森へ連れて行ってもらっている。

行動を起こした出来事が成功するか、失敗するかはやってみなければ分からない。例えば神子が生きていたとしても、たどり着けるかどうかは分からない。たどり着いてくれればいいのだが。これでもし神子の元へたどり着くことが出来ずに彼らが全員死んでしまったら――そう考えると胸が痛む。

ヴェネ商会のサッダは、着き次第、何か報せをよこすと言っていたのだ。……しかし、結局ヴェネ商会も、こちらの完璧《かんぺき》な味方であるかどうかは分からない。

――上手《うま》くいってくれればいいが。そして、無事に神子の元へとたどり着いて彼らが安心して暮らせればいいと俺は思っている。

神子、という存在は良くも悪くも影響《えいきょう》力が強い。この先、神子がミッガ王国やフェアリートロフ王国へ何らかの影響を及《およ》ぼさないとは限らない。

――そうなった時、俺は破滅するだろうか。狼《おおかみ》の獣人を、結果的に殺してしまった俺は――、神子にとっては憎《にく》むべき相手でしかないだろうから。

「人間の慰《なぐさ》み者《もの》として扱《あつか》われている獣人たちを集めることもするべきだろう。……おかしくなったと思われるかもしれないが、少しずつそういう方向で集めることにしようと思っている。婚約《こんやく》者のニーナには悪いことをしてしまうことになるが……」

「それでは……ヒックド様の評価が……」

「それはよい。どうせ俺は第七王子という立場だ。少しの酷評《こくひょう》があったとしても何も変わらないだろう。また、ダッシャが上手く集めている獣人たちに関してもどうにかしたいが……」

俺自身に酷評がつき纏《まと》おうとも、それでも俺はそう行動をすると決めたから。

「……そうですか。ならば、ヒックド様のご意思のままに」

「ああ。苦労をかけてすまない。俺についてきてくれてありがとう。助かっている」

俺のやっていることが露見すれば配下にいる者たちだって処罰《しょばつ》されるだろう。だというのに、俺についてきてくれている彼らがいることに、俺は心から感謝していた。俺は恵《めぐ》まれている。――彼らがいるからこそ、こうして行動が起こせるのだから。


獣人の女性たちも無事に少しずつ集めることが出来た。

しかし、他の異種族の、理不尽《りふじん》に自由を奪《うば》われてしまった者たちにまでは手を伸《の》ばせない。

獣人の女性たちを集めていることに対して、〝獣人に心を奪われた王子〟だとか呼ばれ始めているけれど、そんな呼び名で呼ばれることぐらい別によかった。俺よりも、故郷を奪われ、奴隷にされた彼らの方が大変なのだから。

父上にこのことを悟《さと》られれば、俺は間違《まちが》いなく死ぬ。獣人たちを生かし、彼らを逃《に》がすことをしているなんて、この国の王子としてはやってはならないことだ。王の意思に背《そむ》く行動を知られればどうなるか分かったものではない。

女性の獣人たちは、最初は俺に酷《ひど》い扱いをされるのではないかと怯《おび》えていたが、今ではそんなことはない。あの猫の獣人――ダッシャが集めている獣人たちは、ダッシャが獣人たちのために行動していることを知らない。憎まれ役のまま、ダッシャは行動を起こしている。内側からどうにかしようと、身分の高い人間に気に入られていっているようだ。俺もダッシャのことを気に入ったという態度を取っている。

ダッシャが集めている獣人たちも含《ふく》めて、神子の元へと送り出せれば……と考えているが、そもそも以前送り出した者たちが神子の元へたどり着いているかどうかも現状定《さだ》かではない。俺にもっと力があれば、父上に意見をしたり、真っ向勝負が出来るかもしれない。しかし、俺は王位継承《けいしよう》権の低い王子であり、動きようがない。もっと力があれば、奴隷制の廃止《はいし》を訴《うった》えかけることが出来るかもしれないが……、そう考えても仕方がないことを考えてしまう。

俺は無力だと、実感してならない。

これから、どのように行動をすべきだろうか。どのようにしたら俺のやりたいことがもっと上手くいくだろうか。

――そんな風に考えている中で予想外の出来事が起きた。

それは、竜族の襲撃《しゆうげき》だった。

竜族。

ほとんど国内では見ることのない珍《めずら》しい種族。兄上の奴隷になっている者以外は知らない。そんな存在が、襲撃してきた。全ては仲間を救うため。

その際に、兄上は重傷を負い、竜族は逃げたらしい。

その襲撃を受けて、国内の奴隷たちが動き出した。俺が保護していた獣人たちも動き出したのだ。この国を混乱に陥《おちい》らせて、その隙《すき》に奴隷たちを片《かた》っ端《ぱし》から解放して、仲間を増やしていっているのだと報告を受けた。

そこで俺は選択《せんたく》を迫《せま》られた。ここで動くか、どうか。

獣人たちと行動を共にすれば、俺は王である父上に逆らう反逆者。このまま行動を起こさなければ、俺は少なくとも王子として存在し続けられる。

これを機に奴隷解放のために表立って動くか。それとも王子として過ごしながら、少しずつ動くか。どちらにするべきか、と考えた。

その結果、俺は奴隷たちに襲撃され、そして行方《ゆくえ》不明になったという体を取ることにした。

このまま奴隷たちが虐《しいた》げられていくのは嫌だと思ったから。ただその過程で同じ国の民《たみ》の命を奪わなければならないこともあるだろう。――でも、そうだとしても、俺は理不尽に全てを奪われる人々を助けたいと思った。それは、王子としては不適切な選択かもしれない。けど、もう賽は投げられている。俺は既《すで》に獣人たちのために動いている。もう後戻《あともど》りなど出来ない。

――このまま、進み続けるしかない。

正直に言うと、ニーナのことを考えると躊躇《ためら》いはあった。最近は会うことがあまり出来ていない、俺の婚約者。俺のことを叱責《しっせき》して、俺が動くきっかけをくれた隣国《りんごく》の王女。配下に伝言を頼んだから、きっとニーナは俺を切り捨ててくれるはず。実際にニーナは何も知らない。

もう、二度と、ニーナの前に婚約者として立つことは出来ないかもしれない。いや、出来ない確率の方が圧倒的《あっとうてき》に高い。でも願わくば、もう一度ニーナの前に生きて立ちたい。そんな我儘《わがまま》を胸に、俺は反乱軍に合流した。

この選択が俺の未来をどう左右するのかは分からない。ただ、俺は自分の意思でそれを選択した。最低限の勝利条件は奴隷を解放すること。奴隷を解放して、国外に逃げられれば勝利と言えるだろう。ただ、それは根本的な解決にはならない。

恐れ多い考えだろうが、根本的な解決を成すためには、俺が王になるしかない。反乱軍に合流する中で、そんな考えてもいなかった可能性に思い至った。もし、王になることが出来れば奴隷制を廃止するために動けるだろう。もちろん、簡単にそれを行えるとは思えない。もし王になる道を選ぶのならば、真っ先にすべきことは、俺以外の王族を殺すか、または無力化することだ。

そこまで考えて頭を振《ふ》る。

自分の中でそんな考えに至っているとしても、獣人たちがその意見に対して賛同するかどうかも分からない。

まずは、信頼《しんらい》出来る者に対してそういう考えを口にしてみよう。

◆

私、ニーナエフ・フェアリーの婚約者であるヒックド様が行方不明になった。

その報告に、私は少なからず衝撃《しょうげき》を受けている。ミッガ王国で行われた大規模な反乱。それに伴《ともな》うヒックド様の行方不明。

……私は、ヒックド様の部下が訪問し、切り捨てるようにという伝言を受け取ってから、ヒックド様についての情報を集めた。とはいえ、フェアリートロフ王国もまだまだ安定しているわけではない。神子として担《かつ》ぎ上《あ》げられていたアリスに関してもなんとか前進していっているものの、不安要素がないわけではない。

私の動かせる手駒《てごま》も少ない状況《じょうきょう》だったが、少しはヒックド様の情報が私の元へ入ってきていた。

ヒックド様は、進んで獣人たちの粛清《しゅくせい》などを行っていた。そして、女性の獣人も集めていた。

獣《けもの》に心を奪われた王子、獣を憎む王子、制圧者の息子――そんな風にいくつかの名でヒックド様は呼ばれるようになっていた。

国の内乱があった関係できちんと把握《はあく》出来てなかったが、私がヒックド様にきつい言い方をしてから、彼はそういう行動を起こすようになっていた。王である父親に逆らうことが出来ない。動けないとそんな風に言っていたヒックド様。ヒックド様が、今もなお、ミッガ国王に従い続けているかというと違うと思う。

あれ以来、会えていないから真実は分からない。でも――、ヒックド様は今、自分の意思で動いている。行方不明だって、もしかしたら――自分から姿を消したのかもしれない。その可能性に思い至った。

獣人と共にいたという神子。獣人の一人を殺してしまったというヒックド様。どこかに消えてしまった神子。獣人を王の命令により追い立てていたヒックド様。

――自らの意思で、ヒックド様が王に歯向かっているとしたら。奴隷たちの反乱に結びついているとしたら。

そう考えると、納得《なっとく》が出来る気がした。もしかしたら違うかもしれない。でも……それが真実ではないかと推測出来た。

王と敵対する道。王の命令に背く道。その先に待っているのは、どちらかが死ぬまでの戦いになるのかもしれない。相反する意見を持つ二つの勢力は、結局のところ、勝者が決まるまでは止まらないだろう。

ヒックド様が勝つか。ミッガ王国の王が勝つか。どちらかしか選択肢《せんたくし》はないだろう。――私は、そんなヒックド様のために何か出来るだろうか。

ヒックド様は切り捨てるように言った。でも、婚約者であるヒックド様を私は切り捨てたくない。ならば、出来ることはなんだろうか。フェアリートロフ王国と私までが敵対するのは得策ではない。そうなれば動きようがない。

国と敵対しない形で、ヒックド様の支援《しえん》――いいえ、ミッガ王国が混乱に陥る支援をするという方策を進めるべきかもしれない。

神子が、獣人たちと共にいた。その事実がある。そうなると、神子の味方をするという意味も込めて、ヒックド様の考えを支援することは出来るのではないか。

フェアリートロフ王国は、一度間違えた。神子ではなく、神子の双子《ふたご》の姉であるアリスを神子として保護してしまった。その事実があるからこそ、神子を支持しなければならない。

神子を間違えてしまったことは、大神殿《だいしんでん》の責任であるとされた。

しかし、神子という存在を間違えてしまった責任は国にもある。そして神子ではないアリスを助長させてしまったのも。――ジュラードお兄様に、神子は獣人たちと共にあった。そのことも踏《ふ》まえて、隣国の騒動《そうどう》に一枚絡《から》むべきであると進言してみようか。それが一番、ヒックド様を切り捨てずに済む方法な気がする。

ただ、これは諸刃《もろは》の剣《つるぎ》のようなものだ。神子の存在を理由に行動するということは、色んな枷《かせ》を抱《かか》えることになる。神子という存在を大義名分にするということ。神子を利用するような行動とも言える。本物の神子を利用するような行動をして、何が起こるかというのは分からない。

それに、私が隣国の騒動に関わるとしたら――アリスも、無関係ではいられなくなる。ジュラードお兄様から許可を得て、私が行動をするとして――、失敗したら私だけでなくアリスまで落ちぶれてしまう可能性もある。それだけ、王女という立場には多くの人間の人生がかかっている。

ヒックド様のことを放っておけないというのは私の我儘でしかない。その問題に、国まで巻《ま》き込《こ》んでしまっていいものか。巻き込む必要のあるものなのか。それを考えてから行動しなければならない。
選び取らなければならない、私がどのように行動するか。
そして私は、思考し続けて、選択をする。

8　少女と、信仰

「シーフォ、一緒《いっしょ》に火の魔法《まほう》やってみよう？」

「ひひひーん（分かった）」

私は頑張《がんば》ると決めた。

だからもっと、力をつけていきたいと思った。

私は風魔法の適性が強いとフレネが教えてくれて、だから風の魔法を一心に学んでいたけれど、それだけでは満足出来ない。他の魔法も風の魔法ほど相性《あいしょう》はよくないけど使えるって教えてくれたから。

シーフォはスカイホースという種族の魔物《まもの》だけれども、火の魔法が使える変異体だ。だからこそシーフォはスカイホースの群れから捨てられたと聞いている。家族に捨てられた時は悲しかったけれど、捨てられたからこその出会いがあるのだと思うと、悲しかった出来事も大切だと思う。

シーフォがお手本に、火を熾《おこ》してくれる。小さな炎《ほのお》。だけれど、ここは森の中だから大火事になると大変だって言ってた。確かに、燃えるものがたくさんあるのだからこの魔法を使う場合は気をつけなければならない。

それもあって、シーフォはあまり火魔法を使ってないみたい。今回は私に教えるためだからと使ってくれているけれど、私も気をつけないと。

「火って、怖《こわ》いね」

「ひひひひーん（火だけではなくて魔法全般《ぜんぱん》が怖いものだよ）」

「……うん」

「ひひひひん、ひひひひひーん（だからレルンダが魔法をどんどん使えるようになるのはいいことだけど、それが怖いものだって理解しておかないと）」

「うん、そうだね」

魔法は怖いものだというのは、ずっと心にとどめておかなければならない気持ちだと思う。だって恐《おそ》ろしいものであるという認識《にんしき》をなくして、魔法を使ったら、大変なことになる気がする。

だからこそ、気合いを入れなければ。

それにしても、家族に捨てられる前の私だったらこうして自分の意思で何かをしようとはしなかったと思う。そして恐ろしい力を進んで身につけようとなんてしなかった気がする。その変化が私は嬉《うれ》しいなぁと思う。

シーフォと一緒に火魔法を練習する。

魔力《まりょく》の扱《あつか》い方は風魔法を学んでいた関係で前より出来るようになっていた。そしてそれもあって火魔法は思ったよりも簡単に使うことが出来た。とはいっても風魔法よりもなんだか扱いが難しい。

風が吹《ふ》いて、手の平に熾した火の魔法が木に飛び火しそうになって慌《あわ》てたりもした。

「火と、風、相性いいわね」

フレネがそう言いながら私の周りを飛び回っている。

「ひひひひーん（そうだね。火は風に吹かれて強くなるから）」

「両方使えるようになったら、強力だね」

私はシーフォの言葉にそう答える。

「ひひひひひーん（でもそういう魔法は戦いとかで使うものじゃない？）」

「うん。だから、それが使えない方が嬉しいかな……。火魔法はどんどん使えるようになりたいけれど……戦いじゃなくて、日常で使うのが一番いいかなって。料理とかで」

「ひひひひん（そうだね）」

使えるようになった魔法は、何かあった時のために皆《みんな》を守るために磨《みが》いているけれども——出来たら、そういう皆を守らなければならないような事態が起こらないのが一番いいと思う。だってそういう事態になったら戦うってことだから。もし、そういうことが起きたら私はガイアスに宣言したように戦いたいと思うけれど、起こらない方が断然いいのだ。

ただ、起こらないでほしいと思っていても私と同じ人間が人間以外の種族のことを奴隷《どれい》に落としたりしているのは事実だし、私が神子《みこ》であるというのも事実なのだからこのまま何も起こらないということはないんだろうなぁとは分かっている。

だからひとまず、頑張ろうと思う。

私が出来ることを増やしていって、皆との生活を守れるように。

「シーフォは、火魔法の扱い上手」

「ひひひひひーん（生まれた時から使えるから）」

「私もシーフォみたいに出来るように頑張る」

「ひひひひーん（頑張って）」

シーフォはそう言いながら、私が失敗しそうになると魔力で火魔法が他に飛び火しないようにと手伝ってくれる。

火魔法はとても攻撃的《こうげき》な魔法だと思う。だけど、その攻撃的な魔法をどんな風に生活の中で活用していけるのかとか考えたら楽しいだろうなって火魔法を練習してみて思った。ランさんやシレーバさんに相談してみて、どんな風に火魔法が使えるか一緒に考えてみたいな。

人にはなるべく向けないことを第一に考えよう。人に向けたら恐ろしい魔法だから。もちろん、他の魔法も、なるべく人には向けない。――向けなければならない時は向ける。

魔法の恐ろしさを、魔法を使う身だからこそ実感して私はそんな決意を胸に抱《いだ》いた。

もっとたくさんの魔法を使えるようになりたいと思っているから。だからこそ、この魔法に対する恐ろしさを本当に忘れないようにしたい。

「シーフォ、私が、恐ろしいって気持ちをなくしてたら、叱《しか》ってね」

「ひひひーん（もちろん）」

私は今は恐ろしさをちゃんと実感しているけれど、どんどん魔法が使えるようになってその恐ろしさを忘れてしまっていたら叱ってね、ってシーフォに言った。シーフォは頷《うなず》いてくれて、私は安心した。

私が道を違《たが》えそうになった時、戻《もど》してくれる存在がいる。私は幸せ者だなと火魔法の練習を終えて、シーフォと共に村に戻りながら思った。

◆

火魔法の練習ももちろんしているけれども風魔法の練習も欠かさずしている。

風の精霊《せいれい》であるフレネとグリフォンのレイマーと一緒に空に私は浮《う》いている。空に浮かぶことは、前よりもずっと楽に出来るようになった。

まだ、翼《つばさ》を持つ人たちほど自由に空を舞《ま》うことは出来ないけれども、それでも私は空を飛んでいる。

私は人間で、翼を持っていないけれど空で移動出来るぐらいになっていた。

天気がいい日に、こうして空に飛び出せることが私は嬉しいと思う。

青い空の下、自然の匂《にお》いを感じながらフレネとレイマーと一緒に空に滞在《たいざい》する。

元々、自然の中を散歩するのは好きだけど、地上の散歩と空の散歩ではまた違った楽しさがあるように思えた。とても気持ちがいい。

上から見ると、私が過ごしているこの場所のことがよく分かる。地上では見えない部分も見えて、新しい発見もあって楽しい。

「空の上、気持ちいいね」

「ぐるぐるぐる（空はいいものだ）」

「うん、とても気持ちいい」

私の言葉に、レイマーもフレネも同意してくれている。

空を飛べることが当たり前のグリフォンのレイマーと、風の精霊で自由に空を飛び回るフレネ。その二人と一緒に空の散歩が出来るようになったのが私は嬉しい。

以前では考えられなかったことが出来るようになったことに達成感を感じて仕方がない。もっともっと出来ることを増やしていきたい。そんな欲望がどんどん湧《わ》いてくる。

「ごめんね、スピード出せなくて」

「ぐるぐるぐる（大丈夫《だいじょうぶ》）」

「大丈夫」

二人して同じことを言う。

まだスピードが出せない私に合わせて、ゆっくり飛んでくれているレイマーとフレネは優《やさ》しいなと思う。優しい皆と一緒だから、頑張ろうという気がより一層溢《あふ》れてくる。

「ぐるぐるぐる（そういえばレルンダ）」

「ん？」

「ぐるぐるぐるるるる（あの神官のことは結局どうするんだ？）」

「イルームさんのこと？」

空中で止まって、レイマーを見る。レイマーは私のことを真《ま》っ直《す》ぐに見ていた。

「ぐるぐるるるる（ずっとあのまま閉《と》じ込《こ》めておくわけにもいかないだろう）」

「うん……」

神官のイルームさんと、魔法剣士《けんし》のシェハンさんは基本的に家の中にいてもらっている。それはイルームさんがどのような行動を起こすのかというのが想像がつかなかったから。そして神の娘《むすめ》と呼ばれていたフィトちゃんと出会ったらどうなるのかという不安があったから。

結果的に現在、フィトちゃんたち民族の人たちとは上手《うま》くいっている。民族の人たちは暴走する恐れもあるけれど、フィトちゃんが上手く説得してくれた。私の望まない行動を、私のためにと勝手に起こさないように。そんな風にフィトちゃんはしてくれている。

イルームさんと遭遇《そうぐう》した時、ランさんは言った。私が命令すればイルームさんはなんでもやってしまうかもしれないと。そして私が他意なく口にしてしまった望みでもイルームさんは叶《かな》えようとするかもしれないと。そういう恐れがあるからこそ、私たちはイルームさんとシェハンさんのことを外に出さないようにしている。

でもそれって、結局私が向き合えていないだけなのだと思う。

フィトちゃんは民族の大勢の人たちときちんと向き合って、説得をしている。覚悟《かくご》を持って、彼《かれ》らと接した。だからこそ、上手くいっているのだと思う。

それに比べて、私は——恐れているだけで、向き合えてなどいないのだ。

フィトちゃんと民族の人たちとの一件から、私は改めてそういうことを考えた。

私はイルームさんを上手く動かせる自信はない。勝手に行動された時に止める自信がない。——そういってイルームさんを村に受け入れることを決めながら逃《に》げてしまっていたのだと思う。

このままイルームさんを隔離《かくり》していて、問題が解決するわけでもない。そのことを考えれば考えるほど自覚した。

「……私は、神子として生きる。神子としての力を、なんでも使ってでもみんなを守る。そう決めた」

神子である、という事実を受け入れた。

神子としての力を、なんでも使ってでも皆を守っていきたいと決めた。

だからこそ、このままでは駄目《だめ》なのだ。

「……だから、ちゃんと向き合う。イルームさんと、話す。イルームさんが家の外に出ても、暴走しないように、ちゃんと私がする。それが出来たら、きっと大丈夫」

イルームさんは、私を〝信仰〟している。だからこそ、暴走してしまう危険性はあるけれども、私がちゃんとすれば、きっとなんとかなるだろうから。

「ぐるぐるるる（頑張れ）」

「頑張って。私たちは、レルンダの味方よ」

私の宣言に、レイマーもフレネもそう言ってくれた。

それから、しばらくの間、レイマーとフレネと空を散歩した。

村に戻ったら、早速《さっそく》、イルームさんと向き合うために動いてみようとそう決意した。

私はフレネとレイマーとの散歩から戻って、すぐにランさんの元へと向かった。

「ランさん」

私がランさんに声をかけた時、ランさんはドングさんとシレーバさんと一緒にいた。三人の瞳《ひとみ》がこちらを向いた。

「まぁ、レルンダ。どうしたの？」

ランさんは私に向かって優しい笑《え》みを零《こぼ》している。

ランさんの優しい笑顔《えがお》が私は好きだなと、ランさんの笑みを見るたびに思ってならない。

「あのね……私、イルームさんと、ちゃんと向き合いたい」

私がそう告げれば、ランさんだけではなくてドングさんとシレーバさんも驚《おどろ》いた顔をする。私がこういうことを言い出すとは思ってなかったようだった。

「レルンダ。あの神官はレルンダを信仰しています。信仰心を理由にどんな行動を起こすのか分からない人間ですわ。だからこそ、条件をつけてこの村にとどまらせることを決めたでしょう?」

「うん。……でも、フィトちゃんたちを見ていて私はちゃんと向き合いたいと、思ったの」

「フィトたちを見て?」

「うん。……フィトちゃんは、きちんと民族の人たちのことを動かしている。絶対に暴走、させないって言ってくれた」

フィトちゃんはきちんと向き合っている。私という、神子という存在に対して特別な感情を抱いている彼らを暴走させないようにきちんと向き合っている。でも、私はただ、逃げているだけだ。

暴走するかもしれない、と問題から目を背《そむ》けているだけだ。

「私は……逃げている。神子として生きていくこと、決めたのに。この力を使うこと、決めたのに。だから——ちゃんと、イルームさんが問題行動を起こさないように私が頑張る」

「……レルンダ。最悪の場合は上手くいかなければ、彼らの命を奪《うば》わなければならないかもしれません」

「うん。大丈夫。ちゃんと、分かってる」

今、イルームさんとシェハンさんを家に閉じ込めて外に出さないようにしているのは、問題を起こす恐れがあるから。外に出さなければそもそも問題なんて最低限しか起こらない。でも、外に出してこの村の在り方を見せるということは何かしらの問題が生じる可能性も高い。――もし、彼らがこの村にとって不利益になることを起こすというのならば命を奪わなければならないかもしれない。

私はちゃんと、その事実を分かっている。

理解した上で、踏《ふ》み出《だ》したいと思った。

「……そうならないように、私は全力を尽《つ》くす。なったら……覚悟を決める」

神子であることを受け入れて、神子として、生きていくことを決めた。

今はまだ、イルームさんだけだけど、これから先、もっと多くの人たちが同じような状態になる場合もある。ならば一人の対応も上手く出来なければどうしようもない。

ランさんたちは私のためを思って、辛《つら》い思いをしないように向き合わない道を示してくれた。最悪の可能性を示してくれて、私が悲しい思いをしないようにって。このまま、イルームさんときちんと向き合わなければ、私はしばらく幸せかもしれない。でもそれがいつまで続くかも分からない。

今、この村は上手くいっているけれどもそれがいつまで続くのかも分からない。このまま向き合わずにいて、何か起こった時、向き合わなかった事実が最悪の形で姿を現す可能性だってある。

そんな風に感じる。だから。

「……心配してくれてありがとう。でも、大丈夫。私はちゃんと、向き合いたい。それで迷惑《めいわく》、かけちゃうかもしれない。それに、上手くいかない時は助けてほしい。でも……私は向き合いたい」

もしかしたらこの私の向き合うという選択《せんたく》は、皆に迷惑をかけてしまうかもしれない。上手くいかないかもしれない。私には信仰心というその思いがどんな風にイルームさんの中に存在しているのかも分からないから。

だけれども、向き合いたいと思った。

思わず口にしながら少しずつ声が小さくなってしまった。視線を下に落としてしまう。止められるだろうか、そんな風に考えていたら大きな手が私の頭を撫《な》でていた。視線を上げれば、ドングさんが私の頭を優しく撫でていてくれて、シレーバさんは仕方がないといった顔をしている。

そしてランさんは、言葉をくれた。

「ならば、私は反対しません。レルンダがきちんと決断したことならば、その行動を後押《あとお》しします。それだけの決意を持っているのならば私はそれが上手くいくようにお手伝いをしましょう。上手くいかない時も、もちろん手伝いますわ。それにしても……」

ランさんは私を見て、笑って続ける。

「レルンダは、成長しましたね。私はレルンダの成長を傍《そば》で感じられることが嬉しいですわ」

優しく笑って、ランさんは私の成長を傍で感じられるのが嬉しいと言う。ランさんの言葉に、ドングさんもシレーバさんも同じように穏《おだ》やかに微笑《ほほえ》んでいて、そんな視線に見つめられて思わず私は少しだけ恥《は》ずかしくなった。

信仰——それは、あるものを信じること。そしてその教えを拠《よ》り所《どころ》とすること。私のことを信じて、私のことを――神子という存在のことを信仰している。

それがイルームさん。

神官として神のことを信仰し、そして神子である私のことを信仰している。

人間である私を信仰する、そんなイルームさんのことを私は正直言うと理解が出来ない。私は自分が神子だと自覚はしても、自分は人間だとちゃんと知っている。

私は神子である以前に、ただの人間だ。

だからこそ、自分を信仰する気持ちというのは理解が出来ない。

頭ではなんとなく分かるけれど、それでもなんとも不思議な気分になる。でも信仰という気持ちを向けている人が確かにいる。

その事実を、きちんと受け止めた上でイルームさんと向き合う。

「レルンダ様‼　私に会いにきてくださるとは光栄です‼」

イルームさんは、私が訪《おとず》れるとそれはもう嬉しそうな声をあげた。

顔を破顔させて、キラキラした目で私を見ている。

私がただこうして訪れただけで、イルームさんにとっては天にも昇《のぼ》るような気持ちである……らしいと、ランさんは推測していた。

私は加護を与《あた》えてくれている神様に対して祈《いの》りをするけれど、それは信仰というほどの強い感情とは違う気がする。

やっぱり、信仰って気持ちは難しい。

「うん……。あのね、イルームさん。私はイルームさんを家の外に出そうかと思っているの」

「それは……、私を信頼《しんらい》してくださったということでしょうか？」

「ええっと、違うの」

私がそう言うと、イルームさんはしょんぼりとした顔をした。そんな顔をされるとすぐに慰《なぐさ》めたくなるけれど、その気持ちをなんとか振《ふ》り払《はら》う。ランさんとドングさんも傍にいる。私とイルームさんの会話に必要以上に口を出す気はないようだった。

「私は……イルームさんのことを好ましいとは思ってる。嫌《きら》いじゃない」

「私もです‼」

「ええっと、イルーム。ちょっと黙《だま》って話を聞いた方がいいと思う」

私の言葉に過剰《かじょう》反応をするイルームさんに、シェハンさんが呆《あき》れたように言った。その言葉にイルームさんははっとなって、「すみません。レルンダ様！」と姿勢を正しくした。もっと、楽にして聞いてくれていいのだけど……と思いながら私は続ける。

「ただ、私は……私を信仰？　というか、ええっと、イルームさんのように思っている人に慣れてない。私は……イルームさんのこと、嫌いじゃない。でもイルームさんが、どんな行動を起こすのか不安だった」

私は私の気持ちをちゃんと伝える。そしてイルームさんと、ちゃんと向き合う。そう決めたからこそ、声に出す。

「……信仰って、怖いものだと思う。私を大切に思ってくれていること、嬉しい。でもその大切な気持ちが信仰みたいなものだと、怖いなって。私のためにって……イルームさんが何をするんだろうって。私が望まないことをされた時……私、止める自信がなかった。だから、イルームさんのこと、外に出さないのを選んだ」

フィトちゃんみたいにしっかりと出来ればイルームさんたちをここに閉じ込めなくてもどうにか出来たはずなのだ。もっと折り合いをつけられれば……。

「でも、私は——イルームさんたちを村に置くことを決めたから、外に出そうと思った。イルームさんが、信仰って気持ちを理由に何か起こすなら……私はそれを受け止めて、嫌《いや》だったら止める」

私はそんな決意をしたからちゃんとイルームさんに言った。

「私がイルームさんたちを、村に受け入れるのを結果として決めた。私に特別な感情を抱いているイルームさんを、ここに置くことを決めた。だから——ちゃんとイルームさんの起こすことへの責任は私が持つ」

それは私が決めたこと。イルームさんと向き合うために決めたこと。

「あのね。イルームさんを外に出す。でも、イルームさんを信頼してることとは違う。私はイルームさんの行動、ちゃんと確認《かくにん》する。イルームさんが何かやらかしたら私も責任をとる。だから……何か行動したい時は、ちゃんと考えてほしい。私がどう思うか。あと、私が……どうなるか。貴方《あなた》が起こしたこと、私も背負う。だから……ちゃんと考えて。外には出すけど、ちゃんと見張りはする。あと、何かやらかすなら、全力で止めるから」

私は真っ直ぐにイルームさんの目を見て言った。

イルームさんは……なぜか感極まったような表情で、というより、泣いてしまいそうな雰囲気《ふんいき》で私を見ていた。

イルームさんは、涙《なみだ》を流した。大粒《おおつぶ》の涙を流して、私のことを見ている。でも、悲しいとかそういう感情ではないことは分かる。なんだか、感動している？　意味が分からない。私には理解出来ないものだった。

困って、ランさんとドングさんの方を見る。

二人も少しだけなんとも言えない顔をしていた。

「レルンダ様……。私は、レルンダ様が私にお言葉をくださることが嬉しいです。レルンダ様が……私のことで心を砕《くだ》いて、私のことをきちんと……きちんと考えてくださっていることが嬉しいです。レルンダ様は……本当に、とても素晴《すば》らしい神子様です」

そしてイルームさんは、力強い目で私のことを見ている。

私はイルームさんを信頼していないと口にした。信仰という気持ちは怖いと言った。イルームさんが何かを起こすかもしれないって言った。正直、イルームさんはそういう言葉に悲しい気持ちになるのではないかって私は思ってた。だけど、イルームさんは……全然、気にした様子がない。

むしろ、私から受け取った言葉は全て贈《おく》り物《もの》だと思っているようなそんな雰囲気だった。

私が神子、という存在だからイルームさんは私の言葉を全て受け取っている。私が神子ではなかったら――、イルームさんは私の言葉をこんな風には受け取らなかっただろう。

でもそもそもの話、多分、私は神子ではなければ生まれ育った村で生きていけなかったかもしれない。だから、仮定のことは考えても仕方がない話だ。私と、神子って存在は切《き》り離《はな》せないものなのだから。

「レルンダ様――、恐れ多くも名を呼ばせていただくだけで私は光栄の極みを感じております。レルンダ様は神子という立場や力とちゃんと向き合っておられる。私はそのことが嬉しいのです。私は神官として、ただ神子の言葉に頷いて、その望むままに行動をするだけではなく、きちんと神子と向き合って、そして導いたりする関係になりたいと考えております。ただ、私はレルンダ様が言うように信仰にも似た気持ちを抱いています。私にとって、レルンダ様は神に等しい存在なのですから」

イルームさんの言葉は、どこまでも真っ直ぐだ。

真っ直ぐな目、真っ直ぐな言葉。一切《いっさい》、偽《いつわ》りのない言葉に、私の心も動かされる。

「私は確かにレルンダ様に頼《たの》まれればなるべく願いを叶えたいと思っています。けれど、レルンダ様が望まないことをやりたいとは思っていません。レルンダ様の心に憂《うれ》いを灯《とも》すぐらいならば、この命を神に捧《ささ》げたいほどにそのようなことはしたくないのです」

ええっと、要するに私にとって望ましくないことをして私が悲しむぐらいなら、自分から死を選びたいってこと？　重い。重過ぎる。しかも、絶対にそんなのは嫌だ。私のことを思って死のうとするかもしれないなんて……それは駄目だって言わないと。

そう思いながらイルームさんの話を引き続き聞く。

「ですので、レルンダ様が私の行動を確認してくださるというのは私にとっても喜ばしいことです。私はレルンダ様が望まないことはしたくない。ただ、しないつもりですが、私も人間です。私が正しいと思ったことでもレルンダ様にとって望ましくないことであることもあります。なぜなら、私とレルンダ様は別の人間なのですから。だから何か行動を起こす場合は、きちんとレルンダ様に報告をしようと思います。そして、私の行いでレルンダ様にとって不愉快《ふゆかい》になるような行動があれば言ってください。なるべくそういう行為《こうい》をしないように私はしたいですが、それが本当に出来ると言えるほどの自信が私にはありません。どうぞ、いくらでも私のことを監視《かんし》して、私の行動を見ていてくださいませ。私はレルンダ様の与えてくださるものはなんでも嬉しいのです。レルンダ様が私のことを信頼していなくても、私と向き合ってくださったことが本当に嬉しいのです」

「……うん。あと、イルームさん、自死するのだけはなし。私のためにも、ちゃんと生きて」

「……レルンダ様っ。分かりました。このイルーム、レルンダ様の願いを受け止めます」

ひとまず、自害はしないようにしてくれるらしいのでほっとした。それにしても、イルームさんは本当に私のことを大切にしてくれているのだ。その重過ぎる気持ちには正直驚いてしまうけれども、それでもランさんたちとは違った想《おも》いで私のことを大切にしてくれているのは間違《まちが》いない。

私が気持ちを伝えて、イルームさんが受け止めて、そしてイルームさんは家の外に出ることが出来るようになった。イルームさんと一緒にいるシェハンさんにも同様に監視がつけられることになっているが、彼女《かのじょ》はイルームさんと一緒にいられるなら何も問題がないようだった。


「レルンダ様、おはようございます！」

「……おはよう、イルームさん。毎回、朝一番に私の元へ来なくていいんだよ？」

自由を手にしたイルームさんは、毎朝、私の元へやってきて、挨拶《あいさつ》をする。私は何度もそんな風にしなくてもいいと言ってはいるのだけれども……。

「いえ、レルンダ様という神子様がいらっしゃるのに、真っ先に挨拶をしないなどといった神への冒涜《ぼうとく》とも言える行動を私はしたくありません！」

……私に真っ先に挨拶をしないことが神への冒涜に繋《つな》がるなどと言うイルームさんを、私はやっぱり理解出来ない。

こうして、イルームさんと真正面から向き合ってみても、私はやっぱりイルームさんの考え方とか、信仰心を正しく理解することは出来ない。でも理解出来なくても向き合って、イルームさんという存在を真正面から見る事は出来るのだ。

「……そう。なら、イルームさんがやりたいようにすればいい」

「はい。そうさせていただきます‼」

「レルンダ……そんなことを言ったらイルームは本当に好き勝手するぞ？　嫌だったら嫌だときちんと言うように」

私の言葉にイルームさんが元気よく答える。その会話を聞いていたシェハンさんが、私の方を心配するように見ている。

私に対して、ただの子どもに接するような態度で接してくれるシェハンさんとの方が私は付き合いやすい。もちろん、イルームさんのことが嫌いとかそういうわけではないけれども、あからさまに私に対して「神子様、神子様」と信仰心を向けられると正直戸惑《とまど》いばかりを感じるのだ。

そういえばシェハンさんが時々鍛錬《たんれん》をしているところを見かけるけれど、凄《すご》かった。なんだろう、ただ剣をふるっているだけではないのだ。魔法剣士、そう呼ばれる存在は珍《めずら》しいらしい。剣だけではなく、魔法も扱える希少な存在。剣に魔力を込めて、通常よりも威力《いりょく》を出せるという。とてもかっこいいと、憧《あこが》れてしまう。

井戸《いど》に水を汲《く》みに行くと、イルームさんもついてくる。そんなイルームさんの後ろをシェハンさんがついてくる。イルームさんは私が何をしていてもキラキラした目で私を見ている。

イルームさんみたいな人ばかりが私の傍にいたのならば、私は我儘《わがまま》な存在になったかもしれないと考えた時、はっとした。姉のことを思い浮かべたからだ。

最近、全然思い浮かべることのなかった私の双子《ふたご》の姉。私は近づくことを許されなかったから姉をよく知らない。姉との関わりは少なかった。だけれど、姉が肯定《こうてい》され、周りに愛されていたことを知っている。姉を中心に村は回っていた。だからこそ、姉はあれだけ自信に溢れていたのだろう。

――姉は、神子として引き取られた。そしてランさんが追放されたりしたのだ。姉は、どうなっているだろうか。

「神子様、どうなさいましたか？」

「……なんでもない。ちょっと考え事。気にしないで」

イルームさんに聞かれて、私はただそう答える。

気を抜《ぬ》いて色々話してしまったら、私のことを崇拝《すうはい》しているイルームさんがどんな風に考えて、どんな風に行動するのか分からないから。

イルームさんは、必要最低限しか私に話しかけてこない。シェハンさんも喋《しゃべ》らない。結構無言なことが多い。イルームさんは私と交流がしたいとか、そういうわけではなくて私の傍に仕えて私のことを見ていたいらしい。もちろん、私が拒否《きょひ》をすればイルームさんは他のことをしているけれど……。

流石《さすが》にずっとついてこられても困るのでそれを言ったら、朝以外はあまりついてこなくなった。でも起きてすぐの朝は、私の傍に仕えたいらしい。そういうわけで朝は大抵《たいてい》イルームさんとシェハンさんと一緒だ。

でも邪魔《じゃま》になるわけでもないし、イルームさんとシェハンさんとの朝を最近は過ごしている。まあ、グリフォンたちやシーフォや他の人たちも結構一緒にいるけれど。

◆

村の真ん中に植えられた精霊樹《じゅ》。

エルフたちが崇《あが》める精霊たちの命の灯《ひ》が宿る場所。

私はこの村に精霊樹の宿り木を植えてから、毎日、魔力を込め続けていた。その成果もあって、精霊樹の背は私よりもずっと高くなっていて、微《かす》かに光を発している。

精霊樹は回復すれば回復するほど、とても神秘的なオーラを放っている。精霊樹の傍は、心地《ここち》よい魔力が巡《めぐ》っていて、居心地《いごこち》がいい。

村の中心に位置している精霊樹は、この村のシンボルのようなものだ。

フィトちゃんたち、民族の人たちやビラーさんたち、翼を持つ人たちには精霊樹のことをきちんと説明はしていない。特別な樹であるとは理解しているようだが、この樹の中で精霊たちが休んでいるなんて思ってもいないだろう。

エルフたちは精霊たちが復活する日を夢見ている。

――毎日、精霊樹や祭壇《さいだん》でお祈《いの》りを欠かさないのは、精霊たちへの確かな信仰があるからだろう。

私がエルフたちと出会った時、あの植物の魔物のせいで精霊樹はすっかり弱り切っていた。その精霊樹がこうして力を取り戻しているのを実感すると、私は嬉しい。

「通常ならこんな短期間でこんな風に成長することはないのだけれど、レルンダの魔力と願いの影《えい》響《きょう》かしらね」

「私の魔力と、影響？」

「ええ。レルンダの魔力は精霊たちと相性がいい。それに加えて、レルンダは精霊樹の回復を心から祈ってくれているでしょう？　土地の魔力だけではなく、レルンダの魔力と願いがあるからこそ、精霊樹はこの短期間でこれだけ成長が出来ていると思うの」

フレネは私の隣《となり》でそんなことを言いながら、にこにこと笑っている。

精霊樹に宿っている精霊たちは、まだ目を覚まさない。フレネはこの村で唯一《ゆいいつ》、起きている精霊。だから寂《さび》しいだろう。そう思い、気づいたら私はフレネの手を握《にぎ》っていた。

「どうしたの、レルンダ」

「フレネ、寂しいかなと思って。精霊たち、皆、眠《ねむ》ったままだから」

「ふふ……心配してくれているの？　大丈夫。レルンダたちがいるから私は寂しくないわよ」

私の言葉にフレネは笑って、私の手を握り返してくれた。

自分と同じ存在が一人しか存在しないというのは、寂しいことだと思う。そう考えると、神子もこの世界では一人しかいないだろうから、私も一人と言えるのかもしれない。でも不思議と寂しさを感じたことはない。独りぼっちだと思わないで済むのは、この村にいる皆がいるからだ。

フレネも私と同じ、気持ちなのかもしれない。

「フレネ、早く精霊樹も元気になったらいいね」

「そうね。元気になってほしい」

精霊樹が元気になって、精霊たちがこの村で自由に飛び回る。その様子を想像するだけで、なんだかわくわくしてくる。

精霊樹と精霊たちの復活は、エルフたちにとっての悲願であると言える。私が精霊樹と精霊たちに復活してほしい、という気持ち以上にシレーバさんたちは精霊樹と精霊たちの復活を夢見ているだろう。そう考えると、ますます精霊樹の回復が待ち遠しかった。

フレネと会話を交《か》わしていたら、精霊樹から溢れ出ている魔力が心地よくて、なんだか眠くなってきた。

フレネに「お昼寝《ひるね》しよう」と言ったら、頷いてくれたので精霊樹に寄りかかりながら眠りにつく。

精霊であるフレネは眠るという行為をする必要はないけれども、やろうと思えばすることが出来る。だからたまにお昼寝を一緒にしている。


「レルンダ」

「まぁ……これは」

声が聞こえる。

私を呼ぶ声。それだけではなく、何か驚いたような声も聞こえてくる。

あたりが騒《ざわ》めいているのが分かる。どうしたのだろうか。何かあったのだろうか。

そう思いながら、私は瞳を開ける。

そこには、驚くような光景が広がっていた。

あたり一面に光が見えた。——たくさんの光。その一つ一つが形を持っている。エルフたちが感《かん》涙《るい》している。嬉しそうに笑みを零している。その近くには……精霊だ。エルフたちの傍にいるのは、フレネと同じ精霊だ。

「……これ、は」

疑問の声が口から漏《も》れる。起きたばかりで、なんだか頭が働いていない。

「レルンダ、後ろ」

「後ろ?」

いつの間にか起きていたフレネに言われて、後ろを振り返れば——精霊樹がある。でも眠る前とは違う。もっともっと、大きな煌《きら》めきを発している精霊樹があった。そこで休んでいた精霊たちの姿は、ほとんどない。

そこまで把握した時、私は理解した。

「精霊樹が、復活した?」

お昼寝する前に早く復活してほしいと話していた。でも、いつ復活するかは分からなかった。こんなに早く復活するなんて、嬉しい誤算としか言いようがない。

精霊樹が復活したことを理解して、私の目は完全に覚めた。

目の前に幻想《げんそう》的な光景が広がっている。

私の瞳には、たくさんの精霊たちの姿が映る。きちんと起きている精霊たち。眠っている精霊たちしか見ていなかったから、この光景が夢のように思えてしまう。

「わぁ……」

精霊たちは、私が目を覚ましたのに気づいたのか、私の周りに寄ってくる。

言葉を喋ることは出来ないようだけど、喜んでいるのが分かる。なんだか、そのことが嬉しかった。

この場にいる精霊たちは、大体が風と土の精霊である。シレーバさんたち、この村にいるエルフたちは、契約《けいやく》精霊の復活により、様々なことが出来るようになるのだろう。

「レルンダ」

「シレーバさん……」

美しい光景に、目を奪われていたらシレーバさんが声をかけてきた。

シレーバさんの瞳には、涙が浮かんでいる。

「……精霊様たちを、復活させてくれて感謝する。こうして精霊様たちが復活出来ることを、我らは待望していた」

そう口にするシレーバさんの肩《かた》には、子どものような姿をした精霊が一体乗っている。その精霊は私の方を見てにこにこしていた。

「あの魔物が精霊樹の傍にいた頃《ころ》、あれだけ絶望していたのが嘘《うそ》のようだ。レルンダと手を取り合う道を選んでよかったと、この瞬間《しゅんかん》を見た今は心から思える」

シレーバさんは、精霊たちが復活したことに感動し、涙を流している。そんなシレーバさんを慰めるように、肩の精霊がシレーバさんへ手を伸《の》ばしている。

思えば、シレーバさんたちは皆のことを生贄《いけにえ》にしようとしていた。出会った頃のシレーバさんならば、こんな風に素直《すなお》に感謝を口にすることもなかっただろう。人間のことを魔法が使えない下等生物と口にし、獣人《じゅうじん》たちのことも、獣の血を引く野蛮《やばん》な存在と嘲《あざけ》っていた。でも、今はそういう風には思っていないだろう。

人って、変わるものだなと思う。それと同時に、人同士は分かり合える可能性が少なからずあるのだ。そのことが実感出来て、これから先にどんな人たちと出会っていくのか分からないけれど、出来るだけ分かり合えていけるように頑張りたいなと思う。

「よかった。精霊たちが元気になって」

心から、精霊樹が復活して、精霊たちが元気になってくれて嬉しいと感じる。

この光景を生み出す一助に自分がなれたことが嬉しい。……私はやっぱり、皆が喜んでくれると嬉しくて仕方がないんだ。私は皆からたくさんのものを受け取っていると思う。皆がいるから、生活が楽しいのだと言えるのだ。だからこそ、こうして皆に何かを返せることが嬉しい。

「私には精霊の姿は見えませんが、精霊樹が復活しているのは分かります。こうして神子であるレルンダ伝説がまた一つ増えていくのですね‼」

「ああ、レルンダ様の偉業《いぎょう》の場に私が居合わせることが出来るなんて、なんていう幸運でしょうか。やはり、レルンダ様は私が敬愛すべき神子であると確信します。なんて、素晴らしいっ」

ランさんが絵本の内容が充実《じゅうじつ》する、と興奮したように口にしている。その傍では、イルームさんがなんか泣いている。大泣きしているイルームさんの隣では、シェハンさんが呆れた目を向けていた。

「レルンダは……凄い。私には、精霊が見えないけど、精霊が復活って凄いこと」

いつの間にか傍に来ていたフィトちゃんは、キラキラした目を私に向けている。

この場に、たまただけど翼を持つ人たちはいない。そのことはよかった。まだ彼らがどういう存在なのか、明確に分かっているわけではない。そこまで詳《くわ》しく知られない方が安全だろうってランさんが言ってたもの。

村にいるエルフたちは、全てこの場に集まっている。精霊樹の復活はそれだけ、彼らにとっての悲願だった。ほとんどの人が、感涙している。

子どもをお腹《なか》に宿しているウェタニさんもそうだ。

ウェタニさんは、膝《ひざ》をついて涙を流しながらお腹に手をあてている。

そして、私の視線に気づいて、立ち上がって近づいてくる。

「レルンダ、ありがとう。……この子が生まれる前に精霊樹様が回復してくれて、よかったわ」

そう言って、ウェタニさんは続ける。

「精霊樹様が回復していなければ、この子は精霊様という存在を理解せずに育ったでしょう。そして精霊様と契約を結ぶことも出来なかったかもしれません。ですから、最大限の感謝を――」

「ウェタニさん……」

生まれる子どもが精霊を知らずに育ち、精霊と契約を結ぶことが出来ない。それは私には分からないことだけど、エルフたちにとっては重要なことなのだろう。

今、この場にいる皆のためだけではなく、これから生まれてくる命のためにもなれたんだなって思うと、心が温かくなった。

◆

精霊樹が回復し、精霊たちが復活した。――そのため、今日はお祝いをすることになった。

精霊が見えない人たちも、精霊たちの復活を喜んでいる。それは、精霊たちの復活に涙しているエルフたちを見て喜んでいるからというのもあるだろう。

「……フレネより、小さい子、多いね」

「私はレルンダと契約して、直接魔力をもらったから」

フレネはエルフたちの契約している精霊たちよりも、少しだけ大きかった。なんでだろうと思ったら、私と契約したかららしい。

私とフレネは、お祝いをやっている広場の中心部にいる。精霊樹の前だ。是非《ぜひ》そこにいてほしいとエルフたちに言われて、ここにいる。精霊たちは代わる代わる私に挨拶をしに来てくれる。

フィトちゃんは、真なる神の娘に対する奉納《ほうのう》の舞《まい》を舞ってくれた。フレネが私と契約しているのもあって、フィトちゃんたち民族の人たちにとっても精霊は特別なものという認識があるらしい。

美しく舞うフィトちゃんを、精霊たちは興味深そうに見ている。精霊の姿を見ることが出来ないフィトちゃんは分からないだろうけど、フィトちゃんの傍に何体もの精霊たちの姿が映った。

こうして踊《おど》る様を見ると、なんだか気分が高揚《こうよう》してくる。フィトちゃんは自分にはなんの力もないと言っていたけれど、そんなことはない。フィトちゃんの舞はなんだか力を持っているように感じられた。

「精霊たち、結構復活したのか？」

「ガイアス……うん。たくさん」

「そうか。俺《おれ》にも見えたらよかったんだけど」

隣に来ていたガイアスは、そう言いながらあたりをきょろきょろしている。見えないけれど、ここにいるのではないかと当たりをつけてきょろきょろしているようだ。肝心《かんじん》の精霊はガイアスの視線の先にはいなくて、「何しているんだろう？」とあたりを見渡《みわた》すガイアスを不思議そうに見ている。

「ガイアス、全然違う方向向いている」

「え、まじか……。うーん、やっぱり俺には見えないみたいだ」

ガイアスは残念そうに言って、精霊を見ることを諦《あきら》めたのか食事を取りに向かった。

急に決まったお祝いだけれど、皆はりきって食事を作った。急いで狩《か》ってきた魔物のお肉を焼いたものや、山菜を炒《いた》めたものなど、普段《ふだん》よりも豪華《ごうか》で多くのものが作られている。

ごちそう作りはもちろん、私も手伝った。前におばば様に教えてもらった調味料も使っている。

「レルンダ」

「フィトちゃん……舞、凄かったね」

舞が終わったフィトちゃんが私の傍に来た。フィトちゃんは私の言葉に、照れていた。

フィトちゃんの舞が終わったあとは、エルフたちが精霊と一緒に舞台《ぶたい》に上がる。何をするのだろうかと思っていたら、精霊と協力して魔法を使っていた。とはいってももちろん危険性のないものをだ。精霊と共に魔法を行使して、風を起こしたり、土を動かしたり——目に見えて分かる効果をその場で発揮していた。

精霊が見えない人たちが精霊が復活したことを実感出来るように、そういう余興を行ったようだった。

「これは、凄い」

「精霊と共に魔法を行使すると、こうなるのか」

口々に皆がそんな言葉を発していた。

そしてまたお祝いの声が大きくなる。その様子に舞台の上に上がっていたエルフたちは得意げな顔をしていた。その様子からもエルフたちが精霊のことを大切にしていることがより一層理解出来る。本当によかったという気持ちばかりが湧いてならない。

そのあとはエルフたちが精霊たちに向けて、賛美の歌を歌い始めた。精霊をたたえる歌を、エルフたちはたくさん知っている。精霊たちは歌が好きなのだろうか、エルフの歌に合わせて楽しそうに身体《からだ》を動かしている。

エルフたちの歌を、他の皆も真似《まね》して一緒に歌う。

今日は精霊が復活したお祝いだから、その歌を一緒に歌いたいと思った。

精霊たちはますます楽しそうで、この光景を全員が見られないことを残念に感じてしまう。

でも、楽しい。皆が楽しそうで、私も楽しい。皆が嬉しそうで、私も嬉しい。

「レルンダ、楽しそう」

「うん、楽しい」

フィトちゃんの言葉に、私は頷いた。もっとこの楽しい日々がずっと続いてくれたらいい、そう思って仕方がなかった。

——そしてこの、精霊樹が復活した今日を「精霊の日」として定めると決まった。精霊樹が復活しためでたい日だから、毎年お祝いをすることが決定したんだって。


私は、神子であるかもしれない。

私は、確かに特別な力を持ち合わせている。

出会いを経て、私は自分の力を自覚しなければいけないと実感した。

この特別な力と、皆と違うことともっと向き合って、自覚して生きていかなければならない。私が神子であるというのならば、きっと神様がどこかで見守ってくれているだろう。そう信じているから、神様への祈りを自覚して捧げよう。

この多くの出会いによって、これからどのように私たちの暮らしに影響を与えていくのかは分からない。

確かに時は過ぎていき、その中で何かが変わっている。

それでも皆と共に生きられますように。

私のこの力を皆のために。皆と共に生きていくために、そのために使いたい。そのために力を貸してください、神様。

そう、願ったんだ。

終章

小さな神殿《しんでん》の中で少女が祈《いの》りを捧《ささ》げている。

そこは少女のために作られた少女が神様への祈りを捧げるための場所。

少女は自分が神子《みこ》であると自覚し、より一層神様への祈りを捧げるようになった。

いつもの祈りを終えて少女が外に出れば、そこには少女が愛してやまないいつもの大切な光景が広がっている。

狼《おおかみ》の獣人《じゆうじん》や猫《ねこ》の獣人、エルフたちの姿が見える。

回復した精霊樹《せいれいじゆ》が広場にそびえたっている。その周りで精霊たちがはしゃいでいる。

少し離《はな》れたところには、少女の契約《けいやく》している契約獣たちや風の精霊の姿が映る。

その光景を少女は愛《いと》おしいと思う。新しく作った村での暮らしは、少女にとって当たり前へと変化している。

この当たり前の日常を実感するだけで、少女の顔には笑《え》みが零《こぼ》れていた。

この新しい村での暮らしは、少しの出会いや波乱はあるものの、穏《おだ》やかに過ぎている。

少女が声をかければ、村の人々は笑って言葉を返してくれる。

その当たり前が少女は大好きだった。

生まれた村から捨てられ、獣人たちと出会い、その場所も追われ、エルフたちと出会い、魔物《まもの》退治をした。安住の地を求めて、この地にたどり着き、そして少女は多くの出会いを果たした。神官と出会い、翼《つばさ》を持つ者たちと出会った。交流を持つことになった民族との関係も少しずつ変わってきている。

この出会いや、関係の変化が何をもたらすのかは分からない。

——少女は、神子であることを自覚した。自覚した上で、少女は生きていく。自覚した少女がどんな人生を歩んでいくかは、誰《だれ》にも分からない。

ただ、空だけが、いつも少女を見守っている。

書き下ろし短編

同じ空の下で

「レルンダ、今日は流星群が見られるよ」

「流星群？」

「ああ。神の祝福の一つと言われる、星が流れていく現象さ」

その日、私レルンダはおばば様から勉強を教わっていた。

流星群。

夜になると煌《きら》めく星々。その星々が大量に流れていくんだって。

私は生まれ育った村でも夜遅《よるおそ》くまで起きていることはあまりなかったから、そういうのを知らなかった。この流星群というものはおばば様が言うには時々しか見られないらしい。私が生まれてから今までの間で数えられるだけしか起こっていないのだって。

おばば様は本当に物知りだ。

私はおばば様からその話を聞いて、是非《ぜひ》ともその光景を見てみたいと思った。

「見てみたい」

私がそう言えば、おばば様は「今日は特別に夜更《よふ》かししようか」とにこにこ笑ってくれた。いつも早く寝《ね》ているから、夜更かし出来るのはなんだか不思議な気持ちだ。

なんだろう、大人になったようなそんな気持ち？　子どもは早く寝なさいと言われていたから、こうして夜更かしの許可をもらうと冒険《ぼうけん》でもしているような気持ちになる。

夜更かしをするのは私だけじゃなくて、ガイアスたちもだ。ガイアスたちもはしゃいだ様子を見せていた。

「流星群ってどんなのだろうな？」

「なんかかっこよさげな響《ひび》き！」

ルチェノとイルケサイはそんな言葉を口にして、流星群というものがどれだけかっこいいものだろうかと期待をしている。

「父さんに話を聞いたことがあるけど凄《すご》いんだって。楽しみだ」

「楽しみよね！　流星群って、私も見たことないもの」

ダンドンガとカユがキラキラした目で空を見上げている。まだ流星群は見えない。おばば様やランさんは、そのうち始まると言っていた。

今はまだいつも通りの空でしかないのに、この夜空に本当に星が流れていくのだろうか。そんな不思議な気持ちになってしまう。

「レルンダちゃん、楽しみだね」

「うん、楽しみ」

私はシノミの言葉に頷《うなず》く。

流星群を見られるのが楽しみだと頷き合う私たちに、ランさんたちは笑《え》みを向けてくれる。

ランさんは、

「流星群に関しても謎《なぞ》が多いですからね。その謎を解き明かすことが出来ればきっと楽しいですわ」

と純粋《じゅんすい》に見て楽しみたいというよりも、その謎を解き明かしたいという気持ちの方が強いようだ。そういうところはランさんらしいなと思う。

「流星群や流れ星に願いを捧《ささ》げると叶《かな》うと言われているんだぞ」

そう言ったのは、狼《おおかみ》の獣人《じゅうじん》のエシタさんである。

願い事が叶うと言われて、ガイアスたちの目が輝《かがや》く。星が願いを叶えてくれるなんて、不思議な現象だけど、ちょっとだけワクワクする。

「ぐるぐるるるるる（お願いするの！）」

「ぐるるるるるるぐるるる（僕《ぼく》のお願いを叶えてもらう）」

子グリフォンたちも眠《ねむ》たそうだけど、お願いを叶えてほしいと私の傍《そば》にいる。ただ小さなユインは母親であるワノンにもたれかかって、今にも寝そうだ。

「ひひひひひーん（流星群、見たことないから楽しみ）」

「私も初めてだわ」

シーフォとフレネも流星群を見るのが初めてだということで、楽しみにしているようだ。

シレーバさんたちは長生きしているというのもあって、見たことがあるらしい。

「精霊《せいれい》様にも是非とも見せたかったが、仕方ないか……」

そう言いながら精霊樹《じゅ》のことを切なさそうに見ていた。精霊樹はまだ復活していない。精霊たちは自然の美しい風景というのが好きらしい。だから出来れば見せたかったのだとか。

そんなことを考えていたら、一筋の光が空を流れた。

「わぁ」

それを皮切りに、次々と無数の光が空を流れていく。思わず見惚《みと》れてしまいそうになる。

「レルンダ、願い事！」

隣《となり》で座《すわ》っていたカユに肘《ひじ》をつつかれて、私ははっとする。

真っ暗な空をいくつもの光が流れ落ちていくのが美しくて、思わず願い事をするのを忘れてしまうところだった。

とはいえ、何を願おう？

改めて願い事だと言われてもあまりぴんとこない。

そうしている内にどんどん星が流れていくので、私は少し焦《あせ》りながら願い事をする。

――またこうして皆《みんな》で流星群が見られますように。皆で楽しく過ごせますように。その時は出来れば精霊たちが回復していますように。

先ほどエルフの皆が精霊たちが復活していなかったことを残念そうにしていたから、そんな願い事をした。

「カユは何をお願いしたの？」

「秘密よ！」

目を瞑《つぶ》って何かを願っていたカユに問いかければ、勢いよくそんな風に言われた。でもシノミにはどんな願いか分かったみたいで、含《ふく》みのある笑みをカユに向けていた。

「ガイアスは？」

「俺《おれ》は強くなれますようにって願った」

「そっか」

ガイアスは強くなりたいと願ったという。守りたいものを守れるように、私たちの誓《ちか》いを叶えるために。

ガイアスの願いが叶ったらいいな――そんな気持ちで私は流星群を見つめるのだった。

いつかまたこうして皆でこの美しい風景を見られることを願いながら。

◆

「アリス、今日は流星群が見られるわよ」

「流星群？」

私、アリスはその日、ニーナエフ様と話していた。

ニーナエフ様の言うその「りゅうせいぐん」というものが私には分からなかった。私がそれが何かを知らないというのが分かったのだろう。

ニーナエフ様は優《やさ》しく微笑《ほほえ》んで告げる。

「星が大量に流れていくのよ。夜空を彩《いろど》る光の軌跡《きせき》。アリスも一度見た方がいいわ」

ニーナエフ様は、その流星群というものをとても気に入っているらしい。ニーナエフ様が気に入っているというのならば是非私も見たいと思った。

「是非見たいです」

「なら、一緒《いっしょ》に見ましょうか。夕食の後、バルコニーに出ましょう」

ニーナエフ様と流星群を見る約束が出来て、なんだか楽しみになって私はその後色んなことが手につかなかった。

屋敷《やしき》の人たちはそんな私に驚《おどろ》いた様子だった。私がニーナエフ様と星を見るのが楽しみだと口にすれば、微笑ましいものを見る目で見られた。ちょっとだけ恥《は》ずかしかった。私はもう九歳《さい》なのに……と思うけれど、大人たちからしてみれば私はまだまだ子どもなのだろう。

そして楽しみにしていた夜がやってくる。

夕食の時間も、その流星群というのが楽しみで、落ち着かなかった。ニーナエフ様はそんな様子の私を見て穏《おだ》やかに微笑んでいた。ニーナエフ様は私と三歳しか違《ちが》わないのに、とても大人びている。

私も三年後には、ニーナエフ様のような素敵《すてき》な人になれるだろうか？　自分のことを特別だと思《おも》い込《こ》んでいた頃《ころ》よりも、ずっと私はマシになれたと思っている。だけど、私はまだまだだとも思ってしまうのだった。

「くしゅん」

薄《うす》い寝着で外に出たら、思ったよりも寒かった。思わず小さなくしゃみが出てしまった私に、侍《じ》女《じょ》が上着をかけてくれる。この上着は恐《おそ》れ多《おお》いことにニーナエフ様のおさがりらしい。それを聞いた時、この上着を大切にしなければならないなと思った。

「ニーナエフ様、ありがとうございます。ニーナエフ様も風邪《かぜ》をひかないようにしてくださいね」

「ええ。私も気をつけるわ」

ニーナエフ様は私に向かって笑いかけ、頭を撫《な》でてくれる。

頭を撫でられると、嬉《うれ》しい気持ちになる。なんだろう、私は両親に可愛《かわい》がられていて、頭も撫でられたことはある――だけど、ニーナエフ様に撫でられた方が温かい気持ちになる。

ニーナエフ様は私のことを考えてくれている。

そんな風に思って嬉しくなっていたら、空が煌めいた。

「アリス、見なさい」

「わぁ……」

ニーナエフ様の声に空を見上げると、星が、次々と流れていく。私はこんな綺麗《きれい》な景色を見たのは初めてだった。

自分が特別だと信じ切っていた私は、自然の美しさなんて全く見ていなかった。それよりも自分のことが特別で、自分のことが第一で——そんなことばかり考えていた。

こんなに世の中には綺麗なものが広がっていたのだと——そんな発見が出来たような気持ちになる。

「アリス、流星群に願い事をすれば叶うと言われているのよ。せっかくだからお願いしましょう」

ニーナエフ様に願い事をしましょうと言われて、何を願おうかと悩《なや》んでしまう。好き勝手に生きてきた私が願い事なんてしていいのだろうか？

色々考えてしまうと、願い事をするのを躊躇《ためら》ってしまう。

「——アリス、何も難しいことは考えなくていいわ。願いたいことを願えばいいのよ。早くお願いしないと、終わってしまうわよ？」

「……はい」

私はニーナエフ様の優しい笑顔《えがお》に頷いて、願い事をすることにした。

何をお願いしようかと考えて、結局願ったのは次のことだ。

——いつかニーナエフ様のような大人になれますように。

そんな小さな願い事を願った。

「お願い事叶うといいわね」

「はい」

ニーナエフ様と二人で頷き合って、その後、流れ落ちていく星々を見つめるのだった。

ニーナ様のようにいつかきっとなろう。そしてニーナエフ様の力になれるように――と私はそう願うのだった。

あとがき

こんにちは。池中織奈《いけなかおりな》です。この度《たび》は、『双子《ふたご》の姉が神子《みこ》として引き取られて、私は捨てられたけど多分私が神子である。4』を手に取っていただきありがとうございます。四巻まで書籍《しょせき》を出せることは初めてで、購入《こうにゅう》してくださる読者様に感謝しかありません。

一巻から三巻に引き続き、四巻もWEBで投稿《とうこう》していたものを加筆修正しております。WEB版をお読みの方でも楽しんでいただけるように改稿《かいこう》をしております。

四巻は三巻でレルンダが出会った民族の人々に焦点《しょうてん》を当てた物語になります。神の娘《むすめ》と呼ばれる少女——フィトはどこかレルンダに似ているけれど、レルンダと異なる存在です。そして、もしかしたらあったかもしれないレルンダの別の未来とも取れるかもしれません。

もしレルンダが神子としての側面を全面に出し続けていたら、フィトのように特別視されていたかもしれません。

今回はレルンダが自分が神子であるということをより一層自覚し、成長した巻になったと思います。

一巻から登場していた神官のイルームも今回、ようやくレルンダの前に姿を現すことになりました。神子であるレルンダを特別視する彼《かれ》は、今までレルンダの周りにはいなかったようなタイプの人間です。イルームが現れたことで、レルンダは自分とよく向き合うようになりました。

おばば様の死では、レルンダは親しい人が寿命《じゆみよう》で亡《な》くなるということを経験しました。悲しい出来事での死ではなく、穏《おだ》やかな時の流れで人が静かに死んでいくことを実感しました。レルンダは生まれ育った村でおじいさんが寿命で亡くなったのを経験していたけれど、村を出て自分で考えて生きるようになって初めて親しい人の寿命での死に対面しました。

レルンダはたくさんの経験をして、少しずつ大人になっていきます。子どもだったレルンダが少しずつ成長していく姿は書いていて難しい部分もあるけれど、書き甲斐《がい》がある物語です。

また幕間《まくあい》では、自分が特別ではないと知ったアリスの成長や、奴隷《どれい》として生きながらもどうにか現状を打破しようとしている猫《ねこ》の獣人《じゆうじん》、ミッガ王国を変えていきたいと動いているヒックドの話が進んでいます。彼らの動きにもこれから注目していただければ嬉《うれ》しいです。

この本を手に取ってくださった方が少しでも楽しんでいただければ私は幸せです。

本作はコミカライズが連載《れんさい》中です。雪《ゆき》様の素敵《すてき》な絵でレルンダたちが描《えが》かれておりますので、そちらも読んでいただければ嬉しいです。

最後に、こうして形になるまで支えてくださった全ての皆様《みなさま》に感謝の言葉を述べたいと思います。WEB版を読んでくださっている読者様方、いつも本当にありがとうございます。本作を形にするにあたりお世話になった担当様、登場人物たちにイラストという形で姿を与《あた》えてくださったカット様、出版に至るまで協力してくださった皆様に感謝の気持ちしかありません。

この本をご購入くださった皆様にも、感謝の気持ちしかありません。これからも皆様の心に響《ひび》くような物語を綴《つづ》れるように頑張《がんば》りたいと思います。

池中織奈

キ
!
ポンッ
!?
チョコン‥
?
?

双子《ふたご》の姉《あね》が神子《みこ》として引《ひ》き取《と》られて、私《わたし》は捨《す》てられたけど多分《たぶん》私《わたし》が神子《みこ》である。4

2020年8月31日　初版発行

著者／池中織奈《いけなかおりな》
イラスト／カット

発 行 者／青柳昌行
発　　行／株式会社KADOKAWA
〒102-8177 東京都千代田区富士見2-13-3
0570-002-301（ナビダイヤル）
デザイン／百足屋ユウコ＋石田 隆（ムシカゴグラフィクス）
印刷・製本／大日本印刷株式会社

●お問い合わせ
https://www.kadokawa.co.jp/（「お問い合わせ」へお進みください）
※内容によっては、お答えできない場合があります。
※サポートは日本国内のみとさせていただきます。
※Japanese text only

■本書の無断複製（コピー、スキャン、デジタル化等）並びに無断複製物の譲渡および配信は、著作権法上での例外を除き禁じられています。
また、本書を代行業者等の第三者に依頼して複製する行為は、たとえ個人や家庭内での利用であっても一切認められておりません。

■本書におけるサービスのご利用、プレゼントのご応募等に関連してお客様からご提供いただいた個人情報につきましては、弊社のプライバシーポリシー（URL:https://www.kadokawa.co.jp/）の定めるところにより、取り扱わせていただきます。

定価はカバーに表示してあります。

ISBN978-4-04-736211-6　C0093
©Orina Ikenaka 2020 Printed in Japan

雪
原作:池中織奈
キャラクター原案:カット
コミックス①～②巻
大好評発売中!!
双子の姉が神子《みこ》として
引き取られて、私は捨てられたけど
多分私が神子である。
Comic Walker&ニコニコ漫画にて好評連載中!!
https://comic-walker.com/